虹の鳥

目取真俊
Medoruma Shun

影書房

虹の鳥

公衆電話から出ると道路を横断し、マユは車にまっすぐ歩いてきて助手席に乗り込んだ。

「N公園の門の前」

小さな声でそう言って、シートをリクライニングにし目を閉じる。約束時間を確認しようと腕に触れると、窓のほうに身をよじって胸の前で腕を組んだ。二の腕に鳥肌が立ち、産毛に日の光が弾かれる。カツヤは自分の体に嫌な臭いが染み込んでいるような気がした。冷房を強め、カーステレオのボリュームを上げると、路側帯に停めてあった車を発進させる。待ち合わせの場所までは十分もかからなかった。波の上のラブホテル街に近いその公園は、裏通りにあることもあって昼でも人気が少ない。少し離れたところにある海に面した公園が、市営の人工ビーチと隣接しているおかげで昼も夜もにぎわっているのと対照的だった。

公園近くの住宅街に車を止め、カツヤは速度計の横の時計を見た。二時を三分過ぎていた。

マユは体を起こすと、何も言わずに出ていく。歩きながら襟口にかけてあった水色のサングラスをかけ、短くカットした髪を指で整える。ジーンズに黒いTシャツの後ろ姿は、十七歳という年齢よりずっと幼く見える。身長も百五十センチあるかないかだった。痩せた体や童顔の顔立ちは、せいぜい中学生にしか見えない。

道路の角を曲がって後ろ姿が見えなくなると、カツヤは車を移動し、公園の正門から五十メートルほど離れた道路脇に停車した。公園の入り口には、バイクの進入防止のために逆U字形のポールが埋め込まれている。それに腰を下ろして、マユはうつむいたまま身動き一つしない。頭上と足下に鳳凰木の朱色の花びらが広がっている。空の淡い青色の中に咲く花房よりも、アスファルトの地面に落ちた花びらの方が、朱色がより鮮やかに見えた。細かい緑の葉が揺れて、光と陰が躍りながらマユを包んでいる。

しばらくその姿をぼんやり眺めていたカツヤは、後部座席に体を伸ばして、銀色の布バッグからカメラを取り出した。三百ミリのレンズを装着し、フィルムの枚数を確かめる。仕事のために比嘉から貸し与えられたカメラだった。ハンドルの上にレンズを載せてカメラを固定し、マユに焦点を合わせる。うつむいたままの姿を見て、死んだ祖母が使っていた、魂《まぶい》を落とす、という言葉を思い出す。試しに一枚シャッターを切って、カツヤはそこから先を考えることをやめた。マユに同情しかけているような気がして、そういう自分を警戒した。

体がちっこくてね、顔が子どもっぽいからって、だまされない方がいいよ。

マユと中学校の同級生だったという女が口にした言葉を思い出す。カメラを膝の上に置いて四、五分待っていると、向かいからゆっくりと近づいて来る白の乗用車が目に入る。車の時計を確かめる。二時十二分。マユの前に車が止まるより先に、カメラをハンドルに載せ、レンズに黒いタオルをかぶせる。まず車体全体を二枚撮ってから、車両ナンバーがはっきりと分かるようにフロント部分をアップで撮った。

ドアが開いて、降りてきた男は三十代半ばくらいだった。たいていの男が、思っていたよりもマユが幼く見え、顔立ちも整っていることにほくそ笑むような表情を見せる。しかし、男はどこかうろたえたような表情を浮かべている。下ろし立てらしい紺のスラックスにクリーム色のポロシャツを着た男は、マユに近づくと周囲を見回してから声をかけた。顔を上げて男を見るマユの表情は、感情の起伏が感じられない。髪や額、サングラスに木漏れ日が躍る。シャッターを切りながら、マユの頬が少し赤らんで見えたのは、鳳凰木の花のせいかと思った。男はしきりにあたりを気にしながらマユに話しかけている。マユは再び足下に散った花びらに視線を落としている。男がマユの顔をのぞき込むようにして何か言い、肩に手を置こうとした。その手を避けてマユは男の車に歩き出し、助手席のドアを開けて乗り込んだ。男は宙に浮いた手を太腿の横でこすり、急いで運転席の方に回りドアを開けた。

フロントガラスの向こうで、男はハンドルに手を置いてマユに話しかけている。マユはいつもしているように、シートを軽くリクライニングにする。カツヤは二人が並んで座っている様子を三枚撮った。男の車にウインカーがつき、ゆっくりと走り出す。カメラを膝に下ろしてタオルで覆い、すれ違う男の視線をやり過ごした。バックミラーで右折するのを確認し、車を発進させて左の路地に入る。一帯の道路は熟知していた。男の車の背後につくのに一分もかからなかった。

ラブホテルは公園の近くにいくつもあった。この地域で待ち合わせしたときに使うホテルは、そのうちの一つと決まっていた。最初から「割り切った付き合い」と話はついているので、マユがホテル名を告げれば、たいていの男はそこに入る。たまに用心深い男がいて別のホテルを選んでも、同じ地域内のホテルを選ばせるように指示してあった。できれば一時間以内、遅くなっても二時間以内で出るようにきつく言ってあった。

男の車がすぐにホテル街に向かうと思っていたカツヤは、それとは別方向の車線に移動するのをいぶかりつつ、あとに従った。間に一台置いて追尾しながら、前の車の様子を把握しようと体を動かす。男はしきりにマユに話しかけているようだった。右折すればホテル街に向かう交差点を通り過ぎる。カツヤは強引に隣の車線に割り込み、男の車の前に出た。バックミラーで二人の様子をうかがう。痩せた気難しそうな男だった。しきりにマユに話しかけているが、サングラスをかけて窓の方を向いているマユは、何の反応も示さない。なれなれしい男の態度を見て、以前にもマユについたことがあったのかと考えたが、記憶になかった。

国道五八号線を南下して、奥武山公園の入り口に近いレストランの前で信号待ちをしているとき、対向車線を迷彩色をほどこした米軍の大型トレーラーが二台通り過ぎた。下腹に響くタイヤの音と同時に、吹きつけられた排気ガスがエアコンの通風口を通って車内に入り込む。車内循環にしてあるのにボロ車が、と舌打ちし、カツヤは右手にある那覇軍港を見た。金網の向こうに広がる敷地に、迷彩色のジープや装甲車が十数台並んでいる。ほとんど遊休化していて、普段は閑散としている軍港にしては珍しい光景だった。

ふと、これだけの敷地ならどれくらいの軍用地料が落ちるんだろうか、と思った。父親の顔が思い浮かぶ。父親にねだれば、こんな中古の乗用車ではなく、四輪駆動の新車が買ってもらえるかもしれなかった。最近、二人の兄が共同で四駆の新車を買ったことを母が話していた。それを聞いて、羨ましさよりも二人の兄と父親への嫌悪が募った。まともな仕事もしていない兄たちに、新車を買う金があるはずはなかった。父親に金を出してもらったに違いなかった。

陽光がハンドルに載せた両の手を灼く。エアコンの利きが悪く、体が汗ばんで気持ち悪い。車が動き出し、カツヤは中央車線に移ると、スピードを落としてマユが乗った車を先に行かせた。追い抜かれるときに助手席の窓越しに男を見た。男の手が肩に伸びるのをマユが体をひねって払う。ばつが悪そうにハンドルをたたく男の様子を素早く見て、すぐにまた車線を変わり、背後の位置を取った。

奥武山公園の前を通り過ぎ、男の車は左のウインカーを点滅させ、五八号線から左折して小禄方面へ向かう。その先にカーモーテルやラブホテルは思い浮かばなかった。まさか、と思いながら車を走らせていたが、山下橋交差点を右折したのを見て、やはり、と思った。ゆるやかな長い坂を上って二キロほど行くと、自衛隊基地を前にした交差点に出る。その手前で左折して入った住宅街に、マユと一緒に住んでいるカツヤのアパートがあった。

二週間前、比嘉からマユをあずけられ、一人住まいをしている2DKのアパートの同室にマユを寝泊まりさせていた。比嘉から女をあずけられるのはマユが三人目で、前の女たちが残したベッドやタオルケット、洗面用具や衣類などをそのまま使わせた。小柄なマユには衣類はどれも合わなくて、それだけは買い直さなければならなかった。最初の日に買い物に同行させて部屋に戻ると、マユはベッドの上で体を丸めて横になった。そのあと、どんなに揺すぶっても目を覚まさなかった。

二日目以降も、客を取りに外に出る以外はひたすら眠り続けた。その様子を見て、この女も逃げる心配はないと判断した。前の二人の女も、比嘉にしっかり教育されていて、逃げようという様子は見せなかった。部屋にいるときはベッドに横たわってばかりいて、起きているときも床に座り込んでぼんやりしていた。話しかけてもほとんど返事はなく、自分から何かをするのはトイレに行くときくらいだった。

指示に逆らうことはないので苦労はなかったが、ろくに食事もしないで比嘉から渡された錠剤を飲んでいるだけなので、衰弱の進行が早かった。最初の女は一月程度で客が取れなくなり、比嘉に返すことになった。比嘉はすぐに別の女を連れてきたが、その女も一ヶ月もしないで前の女と同じ道をたどった。そのあとに渡された女がマユだった。

マユは来た当初から衰弱がひどかった。二日目の昼過ぎに起こすと、話しかけても無表情のままで、カツヤの方を見ようともしなかった。整った顔立ちは人目を惹きつけるはずだった。童顔なのに角度によっては、はっとするほど大人びて見えた。いつも伏せられている目の鈍重な光が、もし十七歳のマユの年齢らしい自然な光だったら、簡単に話しかけることができなかったかもしれない。カツヤはそう思った。

午前中に起こすのは不可能で、シャワーを浴びせて外に出るのはたいてい二時過ぎになり、その分取れる客の数も限られてくる。一日に三人が限度で、それも二週間で五回しかなかった。たいていは二人をこなしたところで六時過ぎになり、その時刻になるとマユはぐったりとして、助手席で目を閉じたまま車外に出ようとしなかった。中学生と言っても通る顔立ちと体だったから、淫行条例を恐れて相手にしない男もたまにはいたが、たいていの男は興奮と興味を露わにした。買う男の写真を撮るのが優先なので、売値は二万円に抑えてあった。

女たちの寝ている部屋は窓を閉め切り、カーテンもずっと引いたままにしてあった。エアコンはあったが、窓を開けて換気をしたことが長らくないので、すえたような臭いがこもっている。そういう部屋に閉じこめておいて体力が回復するはずはないが、比嘉の指示に従う以外の選択肢はなかった。カツヤにしても、客を取るだけの体力さえあれば、あとは適度に衰弱している方が管理は楽だった。

どうしてホテルではなく、アパートに男を連れ込もうとしているのか。そう考えながら、カツヤはまだ半信半疑だった。マユの意志を無視して、男が勝手に連れ回しているのかもしれない。そう思おうとしたが、男の車はアパートに確実に近づいている。男が私服刑事かもしれないと思うと、気が気でなかった。中学生を使って売春させていた組関係の男が、一週間前に那覇市内で捕まってから、警察の内偵が厳しくなっているので注意するように、比嘉からそう指示が出ていた。公園前で見た男の風貌や体つきはとても刑事には見えなかったし、雰囲気も違う。自分の勘に自信はあったが、不安は拭いきれなかった。

女を買った男の写真を撮って、それをネタに金をゆするというやり方は、比嘉に初めて聞かされたときから、荒っぽすぎると思っていた。カツヤの役割は、女の世話をすることと、写真を撮り、男の車の車種やナンバー、男の特徴などをメモにまとめることだった。写真やネガと一緒にメモを比嘉に渡せば、それから先は比嘉の仕事だった。

女が男から手にした金の半分は、カツヤの取り分にしていいということだった。最初はかなりの金になると喜んだが、女の生活費をカツヤが持つ上に、取れる客も思ったより少なくて、実際には大した金にならなかった。比嘉は男を脅迫して、カツヤが手にする金の何十倍も稼いでいるはずだった。ただ、そういうことをやっていれば、いずれ被害者の中から警察にたれ込む奴が出て、警察が網を張るようになるのは目に見えていた。それでも比嘉に逆らったり、意見を言うことはできなかった。仮に警察沙汰になったとしても、自分のところで止めなければならない。カツヤはそのことを承知していた。まかり間違っても、比嘉まで捜査が及ぶことがあってはならなかった。

てのひらに汗が滲んでくる。エアコンから送られてくる風は生温かくさえ感じられて、カツヤは助手席に放ってあったタオルを取り、顔や首筋を拭いた。帰宅ラッシュにはまだ間があったが、それでも道路はかなり混んでいる。アパートまで五分足らずの距離まで来たとき、マユの乗った車が左ウインカーを点滅させ、路側帯に寄った。追い越してからバックミラーを見る。助手席から降りたマユが公衆電話に入るのが見えた。五十メートルほど進んで路側帯に車を止めるのと、助手席に置いてあった携帯電話が鳴るのと、ほとんど同時だった。携帯電話を取り、すぐに怒鳴りつけた。

「おい、何のつもりか」

数秒の間があってから、マユは落ち着いた口調で言った。

「アパートに行くから」

電話はすぐに切れた。

「腐れ女が」

携帯電話をフロントガラスに叩きつけたくなるのをこらえた。比嘉から仕事用に渡されたものので、まだ持っている人は少なかった。ホテルに入ると、男がシャワーを使っている間に連絡を入れるよう、女たちは比嘉にしつけられていた。それをこういうふうに使ったのは、マユが初めてだった。

カツヤは車を発進すると、左折して住宅街に入り近道を通った。三分もかからずにアパートに着いた。いったん前を通りすぎて、五十メートルほど離れたコンビニの駐車場に車を入れた。フィルムと缶コーヒーを買い、車のそばに立ってアパートの方を見る。マユを乗せた車が姿を見せたのは、缶コーヒーに三口目をつけているときだった。スピードを落としてアパートの駐車場に車を入れながら、男はしきりに周囲を見回している。サングラスをかけたマユの視線が自分に向けられたのを感じ、カツヤは胸がざわめいた。

状況がつかめないことへの苛立ちだけでなく、比嘉に知られたらどうするか、という不安が募ってくる。住んでいるところを客に教えるなど、あり得ないことだった。男を相手にするときの注意は、比嘉から叩き込まれているはずだった。一緒に仕事をしてから二週間経っていたが、これまで特に問題を起こしていなかった。男が警察に通報するのをあてにしているのか、という考えが頭をよぎる。こめかみや脇の下に嫌な汗が噴き出す。このことが比嘉にばれたら、どういう目に遭うか分からなかった。

男が車から降りて助手席のドアを開ける。マユが先になって駐車場を歩き、アパートの外階段を上っていく。缶コーヒーを手にしたまま、三階建てのアパートの二階の端にある部屋に入るのを見届けると、カツヤは中味が半分以上残った缶をゴミ箱に投げ込んだ。車に乗り込んでエンジンをかけ、これからどうするか考えたが、良い対処法は思い浮かばない。ぐずぐずしている余裕はなく、車を出して、部屋のドアを見ながらアパートの駐車場に入った。自分の部屋用に指定された場所には男の車が停まっている。車種とナンバーを再度確認し、奥の空いている場所に車を停めた。

カメラと携帯電話を手にして車外に出ると、駐車場のアスファルトが熱と臭いを放っている。三階建てのアパートは各階に五部屋ずつあり、両端に外階段がついていた。マユと一緒に部屋を出るのが二時過ぎで、帰ってくるのも夜になることが多いせいか、住人と顔を合わせることは少なかった。たまにすれ違ったときも、向こうがあいさつするのを無視していた。

淡いクリーム色に塗装された建物が、青空に揺らめいているように見える。陽炎ではなく、自分の目がおかしいのだと思った。カツヤは立ち眩みがして、右手で両目をこすり、瞼を軽くもんだ。陽光が銀色のアルミドアに反射している。無機質な光があたりの静けさを強調している。立っている自分以外に生き物の気配が感じられなくて、目にしているもの全てから現実感が失われていくようだった。

階段を上りながら、男を黙らせるにはどうすればいいかを、カツヤは必死で考えた。部屋の前まできても何も思い浮かばないまま、ドアの向こうの様子をうかがった。浴室の磨りガラス越しにシャワーを使う音が聞こえる。近づいて聞き耳を立てようとしたとき、ドアがわずかに開いた。ノブをつかんでいる細い指が見え、マユが顔をのぞかせる。

ドアの内側に体を滑り込ませると、カツヤはノブをつかんで音を立てずにドアを閉めた。マユはすぐにドアから離れ、カツヤが鍵をかけたときには、自分のベッドがある和室の六畳間に入っていた。男を部屋に入れた理由を聞ける状況ではなかった。脱いだ靴を手にしてキッチンに上がると、浴室の様子をうかがう。シャワーの音に混じって、男が小声で歌を歌っているのが聞こえた。和室と隣り合った洋室のドアを開けて入り、鍵を閉めた。カメラをベッドの上に置き、携帯電話の電源を切ってその横に置く。隣室と浴室の気配をうかがうと、シャワーの音はまだ聞こえている。隣室からはベッドがきしむ音が一度聞こえただけだった。

アパートは入るとすぐにキッチンになっていて、その奥の右側に磨りガラスの引き戸がある和室があり、左側にはドアのついた洋室があった。比嘉から女をあずけられたとき、和室に簡易式のベッドを入れて専用の部屋にあてた。カツヤが自腹を切って小型のテレビも入れた。ただ、女たちは部屋に戻るとシャワーを浴びて寝るだけで、テレビを見ようとする者はいなかった。

二つの部屋の間は襖で隔てられていた。襖は閉めきって念のために釘で固定してある。キッチンに刃物は置いてなかったが、追いつめられた女に寝込みを襲われることは、用心しておいた方がいいと思った。襖の前に置いたスチール製の本棚には、雑誌やCDが雑然と並んでいる。その前に立って耳を澄ましても、襖の向こうには人の気配が感じられない。ベッドに横になって、そのまま眠ってしまったのかもしれなかった。不安な夢に耐えているように眉根を寄せている寝顔が目に浮かぶ。起こすために部屋に入ると、マユはいつもそういう表情をして、自分の体を抱くように丸めて寝ていた。カツヤはカメラのレンズを三十五ミリに換えてフラッシュをつけ、フィルムの残りを確かめた。滑らないように靴下を脱ぎ、ベッドに腰を下ろして男が出てくるのを待った。

シャワーの音が止み、しばらくして浴室のドアが開く音がした。カツヤは静かに立ち上がった。男が部屋を確認するかと思ったが、濡れた足音はまっすぐに隣室に向かう。引き戸が開けられ、男がマユに声をかけている。マユの返事はなく、バスタオルで体を拭く音が聞こえる。

男はキッチンに行くと冷蔵庫を開けた。プルタップを開ける音がし、部屋に戻ってきた男は缶ビールを飲んでわざとらしくおくびを出す。飲み干した缶を握りつぶし、床に放る。

男がベッドに腰を下ろすとき、襖が小刻みに揺れた。スチール製の本棚越しに隣室の音に神経を集中しながら、カツヤは手にしていた一眼レフのカメラをなでた。バスタオルを取る音が聞こえる。男が何か話しかけているが、意味はつかめない。マユの体をなでながら、耳元でささやいているのだろうと思った。組み立て式のパイプベッドがきしむ。向こう向きになったマユの肩をなで、男の指が背筋に沿って移動し、Tシャツの裾から中に入っていく様子が目に浮かぶ。男のささやき声が肌を吸う音に変わり、ベルトをはずす音が聞こえる。マユのジーンズとTシャツを脱がせたとき、男の動きが止んだ。カツヤはドアのノブに手をかけた。開けると同時に一気に事を進めなければ、と思った。ベッドのきしむ音がし、マユが小さな声を漏らす。それまでまったく気配がなかったのに、ふいに聞こえたその声に、カツヤは思いもかけない痛ましさを感じた。

ドアを開け、キッチンを三歩で歩いて磨りガラスの引き戸を叩きつけるように開ける。マユの部屋に入るまで三秒もかからなかった。うつぶせになったマユの背中をなでている男が、何かお前は、と叫んだ。立て続けにシャッターを切ると、フラッシュをさえぎろうと男が右手を差し出し、喚きながらベッドを降りようとする。カメラを下ろしたカツヤは、男の右足が床に着く瞬間を狙った。左足で踏み込みながら右膝を脇腹の上まで引き上げ、体をひねると同時に軸足のバネを利かせ、男の左脇腹に爪先をめり込ませた。男の体はまったく鍛えられていなかった。薄い腹筋に親指が根元までめり込む。カー、カー、と掠れ声を漏らして男が腹を押さえてうずくまる。浮き出た背骨が昆虫を思わせて気持ち悪く、怒りがささくれ立つ。後頭部を踏みつけると、男は大げさに体をはずませて横倒しになった。腹を押さえた腕の下に萎びた性器が見える。勝手に部屋に男を連れてきたマユへの怒りも加わり、余りやりすぎるな、と自分に言い聞かせながら、腿や腹に蹴りを入れた。頭を抱え亀になっている男の背中を踏んで、顔を上げるように言った。

顔を歪めてベッドにもたれ、あぐらをかこうとする男を見て、薄汚い尻を畳につけるな、正座しろ、と怒鳴りつけた。カメラを向けると男は両手で顔を隠そうとする。手を下げろ、と言っても言うことを聞かないので、側頭部を蹴ろうと構えた。うっ、うっ、と声を漏らして、男は両手を下ろした。正面を向け、顔を背けるな、と怒鳴り、萎縮した性器も写るように四枚の写真を撮った。男は目を閉じて、そろえた膝の上に両手を置き、今にも泣き出しそうに顔を歪めている。動くなよ、と指示して男のスラックスから財布を取った。紙幣を抜き取り、免許証で男の名前と住所を確かめる。免許証を写真に撮ってから二枚入っていた名刺を見ると、男の名前の上に中部にある中学校の教諭という肩書きがついている。学校の名は、マユの出身中学と同じだった。

「お前、中学校の教員かよ」

男は顔を伏せて返事をしない。名刺をジーンズのポケットにねじ込み、カツヤは左の爪先を男の鳩尾《みぞおち》に蹴り込んだ。手加減はしなかった。両手で腹を押さえて前のめりになり、畳に額をついた男は、喉を鳴らして全身を波打たせている。背骨に沿って背中が割れ、別の生き物が現れる。以前何かのビデオで見た映像が思い出され、卵を一つ一つ埋め込んだように見える隆起した背骨を、真ん中からへし折ってやりたい衝動に駆られる。

これ以上やるなよ、と自制し、ベッドの上のマユを見た。今まで見たことのない眼差しだった。いつもぼんやりしたマユの眼差しが、黒い瞳の奥で別の生き物が目覚めたように鋭くなっている。表情や眼差しが一変すると同時に、身のこなしまで変わっていた。裸身を隠しもしないでベッドから下りると、男のズボンからベルトを抜き取り、うずくまる背中に振り下ろした。金属のバックルが肩胛骨に当ってはね返る。男は体を起こしてマユに何か言おうとしたが、その顔を狙ってベルトが飛んでくる。顔をそらしてよけようとした男の首にバックルが当たり、男は両手を差し出して哀願するようにマユとカツヤを見る。マユはためらいなくベルトを振り下ろし続けた。男は再び両手で頭を抱えて体を縮めた。退屈そうな表情で男の体にベルトを振り下ろすマユの姿を眺め、中学校の同級生という女が、今はクスリ漬けであんな風だけど気をつけた方がいいよ、と注意した言葉を思い出した。

男は打たれるたびに体を震わせ、呻き声を漏らすだけで、抵抗の意志をまったく見せなかった。ふと、男がマユに打たれることを喜んでいるのではないかという気がし、カツヤはマユの腕をつかんだ。カツヤの方に向き直ったマユは、呼吸一つ乱れていない。正面から見つめ返されて、カツヤは反射的に手で顔をかばい、体を引いた。自分にも打ちかかってくるのではないか、と一瞬思った。

マユの唇の端にかすかに笑みが浮かんだような気がした。マユはベルトを床に落とすと、背中に赤紫の筋が走る男を見下ろした。

「立てよ」

マユは静かな口調で言って、男の脇腹を蹴った。背中の筋が見る間にミミズ腫れになり、男は膝に押しつけていた顔を上げて、全身をわななかせながら立ち上がった。

「手を後ろに」

確かめるようにマユを見た男は、目が合うとすぐに下を向いて言う通りにした。予想外のマユの言動に、カツヤは呆気にとられる一方で、強い興味を覚えた。男の手首にベルトを巻きつけ、縛る手つきは手慣れていた。マユは男の背中を押して部屋から出るように指示した。男が歩き出すと、マユは男を浴室へと促す。男を完全に屈服させているマユの動作は、それまでの日々からは想像もつかなかった。体の動きはきびきびとして、細身の姿が少年のように見えた。

磨りガラスの入った折り畳みの戸をマユが開ける。入口のところで浴室の中を確かめようとした男の背中を、マユはいきなり突き飛ばした。男はタイルの敷かれたコンクリートの床に右肩から突っ込んだ。男がとっさに体をひねらなければ、正面にあった洗面台に顔を直撃したかもしれなかった。肉のぶつかる鈍い音のあとに、男の呻き声が続く。洗面台の上にある鏡に、マユのつまらなさそうな表情が映る。

写真を撮っているとはいえ、怪我をさせれば男の口封じも難しくなる。そう考えてマユに注意しようとしたカツヤは、出しかけた言葉を飲み込んだ。カツヤを見たマユの目と口元に、また笑みが浮かんだような気がした。ふいに、比嘉にこの事がばれたらどうしようか、と不安にさいなまれている自分に嫌悪感が募った。このますべてぶっ壊れてしまえばいい。胸の奥に走った言葉に、カツヤは自分でも驚いた。比嘉の指示に逆らうような気持ちを抱いたのはいつ以来だろう。マユに引っかき回されて混乱していることは自覚していた。しかし、マユを止めようという気持ちよりも、もっと先を見たい、という気持ちが強くなっていった。

ドアの横にあるガスと明かりのスイッチをＯＮにし、マユは浴室に入ってシャワーの蛇口をひねった。浴槽にシャワーが噴き出し、外廊下のガス湯沸かし器の着火する音が聞こえる。

「声出すなよ」

マユの言葉に男が頭をもたげる。浴室はトイレと一緒だったが、けっこうな広さがあった。浴槽の上の窓は廊下に面していて、男が声をあげれば外に漏れる。隣室もその隣も独身の勤め人で、二階の住民で昼間部屋にいる者は少なかった。それでも大声を出せば、他の階まで届くかもしれなかった。男が騒いだときにすぐに対応できるように、カツヤは浴室の入口に立った。浴槽に落ちるシャワーの音と一緒に湯気が浴室に籠もる。上半身を起こした男は洋式トイレにもたれ、怯えきった目でマユとカツヤを見た。倒れたときに打ったらしく、額と右の頬に擦り傷ができ、鼻の下にも血が滲んでいる。目立つ場所に外傷は作りたくなかった。マユはシャワーのノズルを手にすると、赤い印のついたお湯の蛇口を一杯に開けた。浴室内の湯気が密度を増していく。

「おい、余り手荒な……」

カツヤが言い終わらないうちに、噴出する熱湯が男に向けられた。男は悲鳴を上げて、肩から脇腹にかかった湯を避けようと床を転がる。

「声を出すなって言ったでしょう」

噴き出す湯を浴槽に向け、横向きになって喘いでいる男の腹をマユが蹴る。実際の威力はなくても、男を震え上がらせるには十分だった。声も表情も、いつものマユとは別人のようだった。男は体を縮こまらせて声を噛み殺した。洗面台の上の鏡が曇り、浴室に蒸気が立ちこめていく。立って見ているカツヤの額にも汗が滲んだ。マユが再び男に湯を浴びせかける。太腿から腹に湯を浴びた男は、体をくねらせて浴室の隅に逃げ、水色のタイルが貼られた壁に頭頂部を打ちつけると、向こう向きに土下座する形になった。赤くなった尻や尾てい骨が吐き気をもよおさせる。背中に湯がかかりのけぞった男は、立ちあがろうとして足を滑らせ、肩と側頭部を壁にぶつけて上半身をよじる。

「おい、殺すつもりか」

浴室に入って、カツヤはノズルを奪い取ると蛇口を閉めた。マユは抵抗しないで、床に座り込む男を見ている。

「シャシン」

すぐには何のことか分からなかった。写真を撮るように言われているのだと気づいて、肩に提げたカメラを見るとレンズが曇っている。比嘉から預かったカメラをダメにすることを恐れ、カツヤはあわてて浴室を出た。

「シャシン」

背後で同じ口調で繰り返す声が聞こえた。振り返ると、カツヤに向けられた視線の奥に、得体の知れない生き物の気配が強まっている。自分の部屋に戻ってカメラを机の上に置き、引き出しを開けて予備のインスタントカメラを取り出した。パッケージを破りながら部屋を出ると、浴室からあふれ出した湯気がキッチンに立ちこめている。カツヤは換気扇のスイッチを入れ、浴室の入口に立った。マユは再び湯の噴き出すノズルを手にし、壁に額を押しつけて肩で息をしている男を見下ろしている。床のタイルで飛沫を上げていたシャワーの湯が男に浴びせられる。男は弾かれたように背中を反らし、膝の骨を床にゴツゴツ鳴らして壁沿いに逃げる。湯がタイルに散り、マユの押し殺した声が響く。

「こっちを向けよ」

湯気の中でもはっきり分かるくらい男の背中は赤くただれている。声が聞こえなかったのか、男は壁にもたれたまま動こうとしない。

マユの手がゆっくり動き、噴出する湯が男の背中で跳ね散る。縛られた両手を握りしめ、男は横向きに倒れた。入口に立つカツヤの足元に男の顔があり、震える唇の間から泣き声が漏れる。浴槽の中にシャワーを向け、マユは男の後頭部を蹴った。男は歯を噛みしめて声を殺そうとしている。男を見下ろすマユの目つきに、カツヤは自分が少し怖じ気づいているのを感じた。男は上半身を起こし、マユの方を向こうともがく。肋骨の浮き出た胸に濡れた毛がはりつき、涙や鼻血で汚れた顔は見るに耐えなかった。カツヤは男の顔や全身を撮った。

「立て」

マユの言葉に男がうっすらと目を開ける。

「立てよ、早く」

急いで立ち上がろうとするのだが、脚の力が入らないらしく、男は肩と頭を壁につけて体を支え、片膝をついてやっと立ち上がった。濡れた陰毛の中に縮こまった性器から透明な液が糸を引いて垂れる。マユがカツヤの方を顎でしゃくると、男はカツヤと向かい合って立ち、顔を伏せた。カツヤは一歩下がって、男の全身をカメラの枠に入れた。フラッシュがたかれると、男はびくっと体を震わせる。

「動くな、顔を上げろ」

カツヤの怒鳴り声に男はすぐに従った。三枚撮って、カツヤはマユを見た。噴き出した汗でTシャツが肌に張りつき、気持ち悪かった。

「マッチ」

男の横顔を見つめているが、声はカツヤに向けて発せられていた。あれをやるのか、とカツヤは思った。これ以上やって大丈夫か、という不安もあったが、どうせならあれまで写真に撮った方が、男を黙らせるためにはいいかもしれない、と判断した。

流し台の引き出しをかき回し、マッチの小箱を探し出した。時々食事に行く喫茶店が宣伝用に配っているものだった。部屋からバスタオルを取ってきて浴室に戻る。マユは男の方を見たままバスタオルを受け取り、物憂げに自分の体を拭いた。それから、立ったまま震えている男の体を拭き始める。マユを見ている男の目に戸惑いや希望、不安が混じり合って揺れている。しゃがんで男の性器のあたりを拭いているマユの背中に彫られた虹色の鳥が、火照った皮膚に鮮やかに浮き上がっている。左の肩に向けて斜め上を向いている鳥は、赤や黄や青、緑、紫の羽根に包まれ、虹色に彩られた翼を左右の肩胛骨の上に広げている。光の粉末を振りまきながら長い尾が腰と脇腹に流れ、頭部の飾り羽根はマユの首の方へ弧を描いている。

初めて見たとき、その美しさに息を飲んだ。腕や脚、背中に刺青を入れている女たちは何人も知っていた。ただ、今までカツヤが見てきた刺青と、マユの背中の鳥は全く別次元のものだった。ただ一点だけ、微妙に色彩の変化する鳥の首の先にある肉の盛り上がりが、その美しさを汚していた。何度もタバコの火を押しつけられたのだろう。白い肌と虹の色が広がる背中に、その肉の引きつれは赤茶色く丸い隆起となっている。本来ならそこには、鋭い嘴を持った宝石のような頭部があるはずだった。そういう欠陥はあっても、虹色の鳥には美しさ以上の、何か畏怖を感じさせるものがあった。

男の太腿から膝のあたりを拭くと、マユは再び性器を丁寧に拭いた。男の表情から、性器に与えられる刺激にどう反応していいか迷っているのが分かった。バスタオルをカツヤの足元に投げ捨てて、マユが直接手で刺激を加え始める。男は口を開けて小さく声を漏らし、カツヤを見た。マユの手の促しに従った方がいいのか、反応を抑えた方がいいのか、カツヤの様子から推し量ろうとしているようだった。男のちょっとした仕草で怒りが発火しそうで、カツヤは、手を出すな、と自分に言い聞かせた。男は口を開けたまま目を閉じ、わずかに腰を引いた。刺激を加えられた男の性器に血が集まり始める。マユの手や指の動きは、なめらかで執拗だった。

「マッチ」

小さな声が聞こえて、右のてのひらが差し出される。店の名と電話番号が印刷されただけの小さな箱を載せる。マユは左手で刺激を与えながら、右手だけで器用に一本のマッチを取り出した。うつむいた男の目が、緑色の火薬がついた細い軸に注がれる。マユの左手の動きが激しくなる。男は肩をすくめた。熟したスモモのような性器の先にマッチの軸があてられたかと思うと、木の部分が見えなくなるまで一気に尿道に差し込まれる。男の全身が硬直する。歯を食いしばり、男は必死になって声を出さないようにしている。マユの細い指にきつく握られ、先端から緑の火薬をのぞかせている自分の肉塊を、男は目を見開いて見た。

男が暴れることを警戒して、カツヤは右の拳を握り、男の顔の前にゆっくり突き出した。男は首を振って反抗の意志がないことを示し、すぐにマユの右手に目をやる。すでにもう一本のマッチが抜き出されていて、男の性器に近づいている。先に入っているマッチの下に、尿道をこじ開けてもう一本の軸の先端が入れられる。腰を引こうとする男の性器を握りしめ、マユが舌打ちする。浴槽に噴出するシャワーの音を寸断する音が、薄い唇の口元から走り、男だけでなくカツヤも緊張させる。上を向いて閉じた男の目から涙が落ちる。

マユは火薬の頭に人差し指を当てて、今度はゆっくり押し込んでいく。カツヤは鳥肌が立つ両腕をさすった。中学一年の時に初めて見て以来、比嘉の指示でこのリンチがやられるのを何度も見てきたし、カツヤ自身やったこともあった。だが、女がやるのを見たのは初めてだった。男でも二本入れる奴は滅多にいなかった。

ふいに笑いが込み上げる。カツヤは頬が痙攣するように震えるのを感じながら、笑い声を噛み殺した。ゆっくりマッチを押し込んでいく指の動きも、歯を食いしばって耐えている男の顔も、滑稽でならなかった。それを見ているカツヤも同様だった。いったいどうして、ここでこういうことをしていなければならないのか。自嘲とともに湧き上がる疑問をカツヤは押し殺した。こういうときにそういう問いを考えるのは、危険だと分かっていた。

深く息を吸い、吐いて、笑いを消した。二本目のマッチも火薬の部分を残して埋め込まれた。並んだ緑の火薬が赤黒い大きな幼虫の目のように見える性器を、カツヤは写真に撮った。さらに男の全身を二枚撮ってカメラを下ろすと、男が哀願するようにカツヤを見る。カツヤが見返すと、男はゆっくりと視線を落とす。本番はこれからだった。しゃがんだ右膝にマッチの箱を載せ、マユがさらに一本抜き取り、右手だけで器用に火をつける。その様子をカツヤは連写した。火薬が着火する音がし、胸がうずくような匂いと淡い煙が流れる。マユが何をしようとしているか察した男が、再び腰を引こうとする。

「動くなよ」

カツヤは男の耳元でささやいて、右拳でこめかみを軽く殴り、左手で喉笛を押さえた。マッチの火がゆっくりと性器に近づいていく。男は目を閉じて顔をそむける。全身の震えが大きくなり、火が性器のまわりを明るく照らす。緑の火薬に点火されようとした瞬間、男は失禁した。マッチの軸を押し出して尿道からあふれ出た血尿が、マユの手にかかって火が消える。床に落ちたマッチの一本は、軸に血が染み込んでいる。もう一本は途中で引っ掛かったままで、隙間から垂れ落ちる尿の濃密な臭いが浴室に広がる。

「汚《はご》さよや」

カツヤはそう吐き捨てて、男の顔に拳を打ち込んだ。後ろに倒れた男は、背中を便器に打ちつけた。座り込んだ男の股間から流れ続ける尿を避け、うなだれた側頭部を蹴ると、男は横倒しになって床に体をぶつけた。

マッチを捨てて立ち上がったマユが、シャワーのノズルを取り、湯温を調節して自分の体を洗い始める。男は倒れたまますすり泣いている。萎んでいく性器の先から細く垂れた血が、シャワーの湯に流されていく。残ったフィルムで男の顔や下半身、全身を撮ると、入口のところに落ちているバスタオルで足を拭き、自分の部屋に戻った。それ以上男の姿を見ていると、込み上げてくる暴力の衝動を抑えきれそうになかった。

エアコンを強風にして温度を最低まで下げ、汗に濡れたTシャツやジーンズ、下着を脱ぎ、タオルで全身を拭いた。しばらく体を冷やしてから着替えると、キッチンに行って冷蔵庫から缶ビールを取って飲んだ。

開けっぱなしになった浴室の中で、マユはシャワーを浴びている。白色灯の光と湯煙がマユを包んでいる。痩せて尖った体の線が柔らかくなり、体をひねって首筋や胸にシャワーを受けている姿が美しく見える。かすかに胸に痛みを覚え、カツヤはそういう自分を嘲笑った。一切の同情は無用だった。ただ比嘉の指示通りにマユの世話をして、一人でも多く客を取らせ、写真を撮ってネガを渡しさえすればいい。それ以外のことは全て余計だった。

マユの部屋に行って安物のプラスチックの衣装ケースからバスタオルを取り、浴室の入口から声をかける。カツヤに向けられた目は、いつものぼんやりとした光に戻っている。上がれ、という言葉にシャワーを出しっぱなしにしたまま近づいてくる。バスタオルを渡すと広げて肩にかけ、床に水を滴らせて部屋に向かう。カツヤは注意しようとしたがやめた。体を拭くように言っても、無駄なのは明らかだった。

男は浴室の便器に向かって正座し、うなだれて泣き続けている。何年か前、地元の暴力団のグループが、二十歳前後の男をラブホテルに連れ込み、ゴルフクラブで殴り殺した事件を思い出した。殺された男は浴室でバラバラにされ、海に投げ捨てられていた。そいつもこの男みたいに醜く泣いていたのだろうなと思い、それならバラバラにされるのも仕方がないと思った。シャワーを止めようと蛇口に手を伸ばしながら、マユのやったように熱湯をかけてやろうかと思ったが、体のあちこちが赤く腫れ上がった男の状態を見てやめにした。

キッチンの床に落ちているバスタオルを拾い上げ、男の頭にかける。後ろ手に縛ってあるベルトをほどいて、立つように言った。男は手首をさすりながら立ち上がった。壁に手をついて体を支え、振り向きながら男はバスタオルを頭から取った。鼻や口のまわりが血と鼻汁で汚れている。まばゆそうに目を細めてカツヤを見る男に、すぐに体を拭いて浴室から出るように指示した。男はのろのろと顔や頭を拭きはじめる。急げよ、と怒鳴ると、男はあわてて全身を拭いた。腫れ上がった皮膚がこすれると痛むらしく、男は顔をしかめ、時折息をつきながら体を拭き終わった。次の指示を求める男の目には、抵抗しようとする気配は微塵もなかった。

「待ってろよ」

カツヤは男の衣服を取るためにマユの部屋に入った。マユは濡れた髪のまま向こう向きにベッドに横たわっている。腰や太腿はタオルケットで覆われているが、それ以外は肌が露わになっている。背中の虹の鳥はすでに色あせていた。肋骨や肩胛骨が浮いた背中に、痩せた鳥が弱々しく羽を広げている。カツヤはタオルケットを肩まで引き上げ、鳥の姿を隠した。

床から衣服を拾い上げて男に持っていくと、男は急いで身に着け始める。皮膚の痛みに顔はしかめっぱなしで、衿元のボタンをはめようとして、手が震えてなかなかはめきれなかった。衣服を着け終えてキッチンに出てきた男は、うなだれてカツヤの前に立った。男の頬を平手で軽く叩き、顔を上げるように言った。

「よく聞けよ。写真を撮られたことの意味、分かるよな」

男はうなずいた。

「お前教員だろ。教え子にこんなことしてな、警察にたれ込んだら、自分がどうなるか、分かってるよな」

目を伏せている男の表情や様子をカツヤは冷静に観察した。男を追いつめすぎて自暴自棄に陥らせてもいけなかった。

「ずっと教員を続けたかったら、どうしたらいいか考えろよ」

男は今にも泣き出しそうな表情を見せた。その顔を見て、カツヤは男の鳩尾に突きを入れた。前にうずくまろうとする男の襟首を摑んで壁に押しつけ、目を見るように言う。男の視線に屈服を読み取り、カツヤは手を離して靴をはかせた。玄関に降りると、カツヤはドアを開けて廊下の様子をうかがった。人の気配がないのを確認し、男を促して外に出た。

男のスラックスから車の鍵は抜き取ってあった。右手で男のベルトを摑まえて体を寄せ、階段を降りて駐車場を横切り、男の車まで歩いた。人気のないアパートはかえって警戒心を高めさせる。カツヤは一階と二階のドアや小窓に視線を走らせた。遠くでパンを売って回る販売車が流すアニメの歌が聞こえる。人の姿は見えなかったが、いくつかの部屋で炊事をしている気配があった。運転席の方に回ってドアを開けると男を座らせ、車の鍵を渡した。

「あとで学校に連絡するからな」

鍵を差し込もうとしていた男が顔を上げる。

「頼む、どんなことでも聞くから、学校にはばらさないでくれ」

男の濡れた髪から嫌な臭いが立ち上っている。カツヤを見る目は怯えた犬の目そのものだった。カツヤは顔をそむけて、薄笑いを浮かべた。

「あんた次第だよ、すべては」

「分かったから、頼む」

カツヤは男のこめかみを指で弾いた。

「自宅の電話番号は?」

一瞬、ためらう様子を見せたが、男は十桁の番号を口にした。名刺の番号と照合し、一致しているのを確認してカツヤは、行け、と合図した。手が震えてなかなか鍵を差し込めないのを、カツヤは鼻で笑った。駐車場から出るときに男は、車のボディを出入口のブロック塀にこすった。

部屋に戻ると、浴室に落ちているバスタオルを拾って自分の部屋を通り、ベランダの洗濯機に放り込んだ。床に脱ぎ捨ててあったジーンズやTシャツと一緒に洗濯物を突っ込み、洗剤を入れてスイッチを入れる。ポケットから男の名刺を取り出し、もう一度名前と住所、電話番号と学校名を確認してから、机の引き出しを開けた。一眼レフカメラからフィルムを取り出し、浴室の男を撮ったインスタントカメラと並べて引き出しに入れ、その上に名刺を置く。それらをどう扱うかはあとで考えることにして、今は少しの時間でも休みたかった。

引き出しを閉めてベッドに仰向けになると、待ちかまえていたように疲れと睡魔が襲ってくる。男が警察に訴え出ることはないと思った。ただ、怪我の様子しだいでは、状況が変わるかもしれなかった。いや、仕事や家庭を台無しにしてまで自分で暴露することはあり得ない。カツヤはそう自らに言い聞かせ、あとで写真を数枚送って脅してやればすくみ上がるだろう、と考えた。しかし、男を黙らせたとしても、部屋まで連れてきた失態を比嘉に隠し通せるかは分からなかった。警察よりも本当に恐ろしいのは比嘉だった。

腕時計を見ると四時を回っている。比嘉と会う約束は六時だった。その前に現像を頼んであった写真を取ることを考えれば、一時間くらいは仮眠が取れるかと思った。枕元の目覚まし時計を五時十分にセットして目を閉じると、眼球の奥からどす黒い液が全身に広がっていくようだった。ベランダの洗濯機の鈍い回転音が遠去かり、カツヤは眠りに落ちた。

一時間後、目覚ましを止めてベッドから降り、冷蔵庫からペットボトルを取って水を飲んだ。中途半端な眠りはかえって疲れを増しただけだった。ベランダに出て洗濯物を干すときも体がだるくてならなかった。

比嘉に写真を渡すのは水曜日と土曜日の週二回だった。水曜日に比嘉と会ってから、マユの体調が悪いこともあり、前日までに四人の写真しか撮れていない。前回に渡したのは八人分だった。半減した理由をうまく説明できる自信がなく、気が重かった。部屋を出て玄関のドアに鍵をかけるとき、客の少なさに加えて、マユが男を連れてきた今日のことが知られたらどういう目に遭わされるか、という不安がぶり返す。ささくれ立ってくる気持ちを静めようとしても静まらないまま階段を下りた。

車で国際通りまで移動するのに予想以上の時間がかかった。三越の裏にある駐車場に車を入れたのは、五時四十七分だった。管理人に鍵をあずけると、走って国際通りに出る。学校帰りの高校生や観光客の間を縫って横断歩道を渡り、平和通り商店街の入口横にある写真屋で、頼んであった写真を受け取った。手早く中味を確かめ、紙袋を持って平和通りの奥に向かう。衣類や雑貨品を並べた小さな商店が連なるアーケードの人混みを小走りに抜ける。何度も肩がぶつかり、文句を言う声も聞こえたが、振り向く余裕はなかった。

狭い脇道に入って迷路のような通路を数回曲がり、赤い下地に金色の字が目立つ看板に向かって歩く。漢方薬局の奥でいつも不機嫌そうに座っている初老の男は、台湾出身だと聞いていた。店に来る客との会話も台湾語のやりとりが多かった。ビリヤード場はその二階にあった。看板の横にある細い階段を上り、埃をかぶった造花が飾られたドアを開ける。アーケード沿いに並ぶ商店の二階をぶち抜いて作られた細長いビリヤード場に、六台の台が一列に並んでいる。入り口近くのカウンターに座っている老女とは顔馴染みだった。テレビから顔を上げてカツヤを見ると奥の方を目配せする。台は全て客で埋まっていた。一番奥の台で比嘉が玉を突こうとしている。腕時計と壁に掛かった時計を見た。腕時計では六時二分前だが、壁の時計は六時を四分過ぎている。腕時計が合っているはずだと思ったが、それは通らなかった。比嘉がゲームをしている台まで行き、アーケード側の窓を背にして立つ。比嘉が勢いよく玉を突くと、心地いい音がいくつか続けて起こる。台の上のゲームの状況を確かめることはしなかった。賭けゲームに勝っていて、少しでも比嘉の機嫌がいいことを願いながら、合図があるのを待った。

比嘉の斜め後ろに立っている四十歳前後のパンチパーマの男が、キューで首筋を叩きながらカツヤをにらみつける。この店で何度か見ている顔で、琉誠会の組員と聞いていたが、名前は知らなかった。不機嫌そうな男の表情から、賭けに勝っているのは比嘉の方だと推察した。体を起こして玉の配置を読んだあと、比嘉がカツヤを見て窓の向こうを目で指示した。ほっとした気持ちを表に出さないように注意して、カツヤはビリヤード場を出た。

ゲームが終わるまで、真向かいにある二階の喫茶店で待つのはよくあることだった。階段を下り、ベニヤ板の台に香水や石鹸、化粧品などを所狭しと並べて売っている中年の女と、チョコレートや煙草、靴下などをごちゃ混ぜに売っている老女の店の間を抜け、人の流れを横切って喫茶店の階段を上る。店内は二部屋に分かれていて、奥の部屋の窓際に腰を下ろし、アイスコーヒーを頼んだ。ビリヤード場の窓は埃で目の詰まった網戸で隠され、中の人の動きはぼんやりとしか確認できなかった。

待つ時間は日によって違った。運ばれてきたアイスコーヒーを飲みながらカツヤは店内を観察した。仕事帰りの若い女や女子高校生たちがよく利用する店で、カツヤ以外は全て女性客だった。場違いな雰囲気は何度来ても変わらなかったが、それだけに警察関係の男が座っていれば目立つ。何か不審なことがあったときには、店から携帯電話で比嘉に連絡することになっていた。

カツヤのテーブルの近くにある装飾用の竪琴に興味を持ったらしく、少し離れた席で話し込んでいる三十代前半くらいの女たちのテーブルから、五歳くらいの女の子が歩いてきた。弦を指で弾いて音が鳴るたびに笑ってカツヤを見る。思わず笑い返さずにはいられなかった。女の子の母親があわてて席を立ち、小声で叱りつけて抱き上げる。女の子は今にも泣きそうな顔でカツヤを見たが、元のテーブルに運ばれていった。女が恐れたのは、竪琴を壊すことではなく自分だったと思い、不快感を抑えて窓の外を見る。比嘉が来る前にいらぬトラブルを起こさないように注意した。

店内や通りのスピーカーから沖縄出身のアイドルの歌が有線で流れている。この半年で急速に売れてきた少女とマユは、顔立ちがよく似ていた。ある日、テレビの歌番組で、少女が歌っているのを見ていて気づいた。単なる演技とは思えない生き生きとした少女の笑顔と、前に置かれたヨーグルトに手をつけようともしないで、虚ろな目をテレビに向けているマユの生気のない表情を見比べた。

ほんの一瞬の差で、何かが狂い始める。

画面に大きく映し出されたアイドルの少女の笑顔を見ながらカツヤは思った。その一瞬さえなければ、マユも今とはまったく別の世界にいたはずなのだ。それはマユだけではない。今まで何人もそういう女たちを見てきた。

ほんの一瞬の差。

窓から通りの人混みを眺め、少女の歌声を聴きながら、カツヤはその言葉を胸の中でつぶやいた。ダメだ。カツヤはすぐに心の動きを止めた。アイスコーヒーを飲みながら、写真を確認する。それまでカメラの趣味は全くなかったので、最初は失敗して何度か比嘉に殴られた。カメラは比嘉から渡されたものだったが、フィルムや現像代は自分持ちで、練習のために使った金も馬鹿にならなかった。二ヶ月以上続けてきて、今は比嘉が求めるレベルの仕事をどうにかこなせるようになっていた。ナンバープレートが入った車体や男が女を車に乗せるところ、一緒にホテルに入っていくところなど、あとで比嘉が恐喝に使うときに必要な最低限の写真は、撮り逃すことがなくなった。

男たちを脅すことで比嘉がどれだけの金を手にしているかは分からなかった。ただ、四人分の写真しか渡せないと、比嘉の減収は相当の額になるはずだった。写真を紙袋に戻し、メモをその上に置いてすぐに手渡せるように用意した。今日こそは比嘉の怒りを免れないことを覚悟した。ただ、いくら覚悟を決めても、それで恐怖心が消えるわけではなかった。

入口のドアの開く音が聞こえた。カツヤは比嘉の姿を認め、真っ直ぐ座り直した。比嘉はテーブルの向かいに腰を下ろし、注文を取りに来た少女に愛想のいい笑いを浮かべる。アルバイトの女子高校生で、顔見知りになっているようだった。ホットコーヒーを注文すると、比嘉は軽口を叩いて少女を笑わせ、少女が去ると同時に冷え切った目をカツヤに向けた。

「今回の分です」

比嘉は紙袋から写真の束を取りだし、メモと照合しながら四つに分けてテーブルに並べた。

数秒間眺めてから、右端の写真の束を指で弾いた。滑って散った写真がカツヤの腿に落ち、数枚が床に舞う。カツヤは、すみません、と謝ってから椅子の下に落ちた写真を拾った。写真をそろえ直して元の位置に置く。全身が冷えているのに耳たぶだけが熱を持ちむずがゆい。幼いとき父親に顔を叩かれて耳たぶが腫れたことがあった。それ以来、緊張するといつもそうなった。両手を膝にそろえて、カツヤは比嘉を見た。

「すみません、最近、ちょっと女の調子が悪くて……」

こめかみのあたりに指をあててカツヤを見ていた比嘉は、少女がコーヒーを運んでくるのに気づくと、片手で素早く写真を集め、てのひらの中でトランプのように弄んだ。コーヒーをテーブルに置いた少女に丁寧に礼を言い、比嘉は手の中の写真をめくり始める。

「あと、どれくらい持ちそうか」

「え？」

「あの女よ、あとどれくらい持ちそうかって」

「まだしばらくは大丈夫と思います」

「だったら、働かせよ」

まわりに気を遣って言葉は柔らかだったが、一番近くのテーブルに座って笑い声を上げていた二人連れの若い女が会話を止めた。比嘉が視線を向けると、女たちはあわてて話を再開する。

「何のためにアパートにあずかってるかよ、おい。遊びと思ってるんか？」

「すみません」

メモに目を通し、写真をテーブルに置くと、コーヒーに二度口をつけて比嘉は席を立った。カツヤはあわてて写真を紙袋にしまい、出口に向かう比嘉を見ながら料金を払った。階段を下りたところで追いつくと、比嘉は平和通りから国際通りに向かって歩いていく。三越前の横断歩道を渡り、横の路地を五十メートルほど進んで有料駐車場に入った。比嘉の放ってよこした鍵を受け取り、カツヤは比嘉の車の後部座席のドアを開けた。比嘉が乗り込むと、エンジンをかけてクーラーをつけ、料金所で金を払った。急いで運転席に戻ったカツヤは、比嘉に行き先を聞いた。沖縄市、という返事が返ってきた。慎重に方向転換し、カツヤは駐車場から車を出した。

戦後、無計画に発達していった国際通り周辺の路地は三叉路が多く、頻繁に行われる公共工事でアスファルトはつぎはぎだらけだった。悪臭が漂ってきそうな川に架かった橋を渡り、国道五八号線に出る。日本復帰前は軍用一号線と呼ばれ、その頃から沖縄島を南北に貫く主要幹線だった。

混んだ道をのろのろ北上しながら、カツヤは先週渡した写真とメモのことを思い出した。何人か顔が思い浮かんだが、これから会う男がどの男か、見当はつかなかった。写真を渡してしまえば、あとは比嘉と松田の仕事だった。男を脅迫するのは主に松田がやっているらしかったが、黙って座っている比嘉の方に、男たちはより恐怖心を感じているのではないかと思った。松田が用事があるときは、カツヤが代わりに同行していた。その時は比嘉が相手の男との交渉を行った。

行く先を詳しく聞くと、以前利用したことのある泡瀬海岸沿いのステーキ・ハウスの名を比嘉は口にした。カツヤは時間を気にしながら車を進めた。

ビルの谷間から差していた西日が、那覇の市街地を抜けるにつれて車内に常時差し込み始める。浦添市に入ると、左手の海岸側は米軍基地が続き、日を遮る建物がなくなる。金網のフェンスに沿って濃いピンク色の夾竹桃の花が咲いている。その向こうには倉庫が並んでいた。米軍の物資を貯蔵・補給する兵站部隊の基地だった。西日は残照という感じで、眩しくはあったが熱は失われている。カツヤは冷房を弱めにした。後部座席の比嘉は、基地の方をずっと見ている。カーステレオもラジオもつけなかった。中学の頃から今まで、比嘉が自分から音楽を求めたり、歌うのを見たことがなかった。

数時間前にマユがやったことを話そうか、という考えが頭をよぎる。男をアパートに連れ込んだのは、マユが勝手にやったことだと言っても、カツヤの手落ちにしかならない。教師が警察にたれ込む可能性は皆無に等しいと思ったが、怪我をさせるほど暴力を加えたことで、家族が騒ぎ立てないとも限らない。いつかばれるよりも、自分から言って謝った方がまだいい結果になる。そういう考えも浮かんだが、結局、話を切り出せなかった。

車は宜野湾市まで来た。伊佐三叉路を右折して、沖縄市方面に向かう坂道を上ると、しばらく途切れていた米軍基地の金網のフェンスが再び始まる。キャンプ・フォスターという海兵隊の基地だった。信号待ちをしている車の列につくと、カツヤは基地に目をやった。芝生が広がる住宅エリアの一角で、夕暮れの迫る庭に照明を点け、米兵の家族がバーベキューパーティーをしている。五歳くらいの淡い金髪の男の子と、よちよち歩きの女の子がはしゃいでいるのを、肉を焼いている父親が笑いながら見ている。白い椅子から母親が立ち上がり、手を伸ばして女の子を抱き上げる。カツヤはその風景を映画の一コマを見ているような気持ちで眺めた。

「何か、あれは?」

比嘉が声をかけ、一気に緊張がよみがえる。帰宅ラッシュにしても並んでいる車の列は長すぎた。二百メートルほど離れたところにパトカーの赤色灯が数台点滅している。事故かと思ったが、遠くて状況がよくつかめなかった。外は薄暗くなり始めていて、車列の赤いテールランプが続く上に、赤色灯の光が切っ先を伸ばす。比嘉の苛立ちが伝わり、カツヤは緊張と不安を表に出さないように注意しながら車を進めた。刈り込まれた木々や同じ規格の住宅が作る基地内の整然とした風景と市街地の雑然とした様子が、金網を境に対比を見せている。赤色灯の光はその両方の景色を刺し貫くようだった。車列がゆっくりと前進するにつれ、スピーカーから流れる音楽と演説が聞こえてきた。

十分以上かかって、やっと普天間三叉路の近くまで来たかと思うと、信号が青にもかかわらず、流れていた車が停止させられた。クラクションを鳴らすカツヤを交通整理の警官がにらみつける。三叉路の突き当たりにある交番の前にパトカーと機動隊の装甲車が並んでいる。威嚇的な赤色灯の光を見ているだけで反発心が駆り立てられ、カツヤは警官をにらみ返した。

プラカードや風船を手にして、女たちの集団が三叉路を歩いていく。百名ほどの小さなデモ行進だった。先頭を行くワゴン車の屋根につけられたスピーカーから、琉球民謡を現代風にアレンジして人気のある女性グループの歌が流れ、住民にアピールする若い女の声が重なる。米兵による小学生の少女へのレイプ事件に抗議している女の声は、込み上げるものを抑えきれずに時々詰まった。語尾の震えが三叉路に架かる歩道橋に反響し、政治家の選挙演説と違って、不慣れだが耳を傾けさせるものがあった。

事件は九月の初めに北部の町で起こっていた。小学生の少女が、三人の米兵に車で拉致され暴行を受けた。その記事を目にしたとき、カツヤは一瞬、全身の血が泡立つような感覚を覚えた。普段、米軍がらみの事件や事故の記事に接しても何も感じないのに、この事件には肉体的な不快感さえ生じるほどの怒りを覚えた。砂浜に押さえつけられ、泣き叫ぶ少女の姿が目に浮かび、覆い被さって体を動かしている米兵の脇腹を、刃渡りの長いナイフでえぐる自分の姿を思い描いた。

いつもは米軍の事件や事故に目敏く騒ぎ立てる革新団体が、事件から数日経っているのに抗議行動を起こしているように見えないのが不思議だった。その後、新聞やテレビが事件のことを頻繁に取り上げるようになってから、抗議の姿がテレビに映るようになった。ニュースなど滅多に見ないのに、その事件に関しては、カツヤは新聞記事までこまめに目を通していた。

目の前を通るデモがどういう団体のものかは分からなかったが、歩いている人たちの様子を見て、普通の主婦たちが中心になっているのだろうと推測した。デモの最後尾が道路を渡り終え、制服警官が合図を送ると同時に、カツヤはクラクションを長々と鳴らしながら発進した。交番の前に手持ちぶさたな顔で立っていた数名の機動隊員が、一斉に顔を向ける。プラカードを持ったり、子どもの手を引いて歩いている女たちも、怯えた表情で車を見る。

「腐れ者達《くさりむんたー》が」

比嘉が吐き捨てるように言った。

パトカーを挑発するようなスピードで短いデモを追い越し坂道を下る。丘の上の海兵隊基地司令部に巨大な星条旗と日の丸の旗が翻っている。その前の十字路にも一台のパトカーが停まっていて、数名の制服警官が立ちはだかっている。女子どものデモ相手に、と鼻で笑ったカツヤは、同じ沖縄人の少女が米兵に暴行されても米軍を守るのか、と基地のフェンス沿いに立っている機動隊員や司令部前のパトカーを見て怒りが込み上げた。警官たちを一瞥して交差点を右折し、カツヤは泡瀬へと車を走らせた。

北中城を抜けて東海岸に向かう坂道を下る。海岸線を北上して着いたのは、中部では名の知られたステーキ・ハウスだった。米軍の通信基地に隣接した海岸部に店はあった。金網の向こうに広がる芝生の敷地に、高さが五、六十メートルはありそうなアンテナが数基並んでいて、赤い警告灯を点滅させている。星が瞬き始めた空は緑がかった青に澄み、店の背後に並ぶ防潮林の木麻黄が風に揺れている。駐車場に車を停め、カツヤは後部座席のドアを開けた。店は二階にあり、階段を上っていく比嘉のあとについて店に入った。

照明の落とされた店内は、テーブルが半分ほど埋まっていた。ウェイトレスに窓際の席に案内され、四人がけのテーブルに比嘉とカツヤは向かい合って座った。アメリカ人はラフな格好で来ているのがほとんどだったが、それでもカツヤはTシャツ姿が少し気になった。比嘉はメニューを眺め、赤いグラスに入った蠟燭に火を点そうとしているウェイトレスに、リブステーキとホットコーヒーを頼んだ。カツヤはアイスコーヒーだけにし、椅子にもたれて火を見つめている比嘉に気を遣いながら、窓の外に広がる景色を眺めた。

木麻黄の間から東海岸沿いの街の明かりが見える。観光ホテルが次々と建って賑わっている西海岸に比べて、東海岸の風景にはどこか索漠とした印象があった。埋め立て地に造られるはずだった工業団地も、企業の誘致が進んでいなかった。島の中心部を米軍基地に占拠され、街は海に向かって広がっていくしかなかった。海岸線に向かってゆるやかに下る斜面に建物がひしめき、夕暮れの中に点る灯が昼間の雑然とした印象をやわらげている。一人なら心を和ませたかもしれない風景も、比嘉と一緒ではそういう気分に浸っていられなかった。

ステーキが運ばれてくると、比嘉は半分ほど口にした。コーヒーには軽く口をつけただけで、後はウイスキーを頼んで飲んでいた。普段から小食の比嘉は、パンには手をつけていなかった。カツヤは空腹感を抑え、アイスコーヒーに手を伸ばし、店の中の様子を確かめた。客の半分以上はアメリカ人の家族だった。残りは米兵と沖縄の女の二人連れで、男だけで座っているのはカツヤたちだけだった。

ウェイトレスが皿を下げると、比嘉が上着の内ポケットから封筒を取りだし、テーブルに放った。中を確かめると、カツヤが二週間前に撮った写真が入っている。写っている男は四十歳前後で、酒太りと思われる体を持てあましていた。車の横でマユと話しているところから、助手席にマユを乗せて発進し、ホテルに入るところ。そして、ホテルから出るところまで、時間の順に計十二枚あった。待ち合わせの公園前で写した写真には、男の車のナンバーが識別できるように写っている。助手席のマユに話しかけたり、ホテルから出てくる写真には、フロントガラス越しに男の顔がはっきりと写っていた。

写真と一緒に入っていた用紙に、比嘉が調べた男に関する情報がワープロで打たれていた。住所と電話番号、家族の名前が並んでいる。年齢は四十二歳、県内では大手に入る建設会社に勤めていた。妻の他に子どもが二人いて、子どもの名前の横には、年齢と通っている学校名、クラス名も書かれている。上が男で中学二年生、下が女で小学六年生だった。写真と用紙を封筒に入れて返すと、比嘉はそれを手元に置いて、ウイスキーのお代わりを注文した。

男がやってきたのは八時五分前だった。濃紺のポロシャツの前が大きく膨らんだ男は、理髪店に行って来たばかりのようにさっぱりしていて、そのせいかファインダー越しに見たときよりも若く見えた。入口のドアを背にして店内を見渡し、カツヤと目が合うと威嚇するように見返した。カツヤは笑みを浮かべて軽くうなずいた。案内しようとするウェイトレスをさえぎって、男はまっすぐにカツヤたちの席に歩いてくる。カツヤは立ち上がって奥の席に座らせた。席に向かって歩いてくる間に、平静を装いつつこちらのことを必死で観察しているのは、どの男も同じだった。

座りながら比嘉とカツヤを交互に見た男は、二人が若いので少し安心したようにも、怒りが余計に募ったようにも見えた。しかし、比嘉が男の目を見返すと、すぐに顔を伏せた。胸ポケットからタバコを取り出したが、灰皿がないのに気づいてテーブルに置く。箱を中指でせわしなく叩いているのが、男の心理状態をよく表していた。弱みを握られている人間特有の、怯えと強がりが混ざり合っている仕草だった。注文を取りに来たウェイトレスにアイスコーヒーを頼み、男は丸めたままのおしぼりで額の汗を拭く。

「早めにすませましょうか」

比嘉の言葉に、男は膝の上の小型バッグから、銀行のマークが入った封筒を取り出してテーブルに置いた。厚さからして五十万くらいかと思った。比嘉は封筒の中をのぞいて上着の内ポケットに入れ、写真の入った封筒を男の前に差し出す。すぐに写真を取りだし、男は一枚一枚確かめている。メモ用紙を開いて見て、表情をとりつくろっているが、こめかみがひくつき汗が光る。

「ネガは?」

「それは次に」

男の唇や頬が歪むのを、比嘉がおかしそうに眺める。

「話が違うだろうが」

まわりに気を遣いながら、男がすごんで見せる。日に焼けた男の顔がいちだんと赤黒くなる。会社では新入社員位の年齢の男にあしらわれた経験などなかったのだろう。どんなに威厳を作ろうとしても、男はすでに比嘉のてのひらに乗せられていた。

「娘さんはM小学校に通ってましたよね」

前屈みになっていた男が体を起こし、険しい目で比嘉を見る。目の光や頬の震えに男の不安が透けて見える。ウェイトレスがアイスコーヒーを運んでくると、男はあわてて写真を隠した。甘味料やクリームを入れず、ストローも使わずにコーヒーを飲み、写真とメモを封筒に入れようとして、何度もつかえた。

「最近は六年生でも、テレクラや援助交際くらいは、知ってるでしょうね」

男は比嘉を見たが、その目にはすでに屈従の色が浮かんでいる。

「じゃあ、後でまた連絡しますので、ここの支払いもお願いしますね」

丁寧な口調でそう言うと、比嘉は席を立ち、出口に向かう。カツヤは男に会釈してテーブルを離れた。男が店に入って五分も経っていなかった。支払いはまとめて彼が払うから、とカウンターの店員に比嘉は穏やかに笑いかける。カツヤが振り向いて見ると、男はうなだれて座っていた。

行きつけの泡瀬のスナックで飲み直すという比嘉を店まで送り、カツヤは近くの空き地に車を停めて待機した。沖縄市まで来たとき、比嘉はよくこの店に寄っていた。琉誠会という地元の暴力団の幹部がやっている店で、その男は比嘉の叔父にあたるらしかった。カツヤも何度か店までついていったが、フィリピンと地元の女が五、六名ずついて、けっこう繁盛していた。比嘉は決まって奥のソファに座り、女たちは相手にしないで、叔父と話ばかりしていた。カツヤはウーロン茶を飲みながら女たちを適当にあしらっていた。最近はそれも面倒くさくて、車の中で比嘉の話がすむまで待つようにしている。

比嘉がたんに飲みに来ているのでないことは勘で分かった。叔父という男が、琉誠会の若手幹部の中でもやり手で通っていることは、カツヤも耳にしていた。二人が話しているのは、クスリの売り買いに関することだろうと察しはついたが、詮索するのはやめにしていた。五階建てのテナントビルに点った飲み屋の看板を眺めながら、カツヤはぼんやりと考え事をして時間をつぶした。

比嘉に初めて会ったのは、中学に入学して一週間ほど経ってからだった。沖縄市にあったその中学は、荒れた学校として近隣では有名だった。カツヤが入る直前の卒業式でも、出席を拒否された卒業生のグループがバイクで乗りつけ、その中の一人が、式場の体育館から校門まで在校生が作っている花道に突っ込んだ。女生徒二人が大怪我を負い、煽られた卒業生と在校生の一部が教師に暴力をふるい、教室のガラスを割って回るという事件が起こったばかりだった。

カツヤはどうにかして別の中学に行きたかったが、もともと私立の少ない沖縄では、カツヤの成績で入れる私立中学はなかった。経済的には本土の学校に行くことも可能だったが、その頃は両親の間でいさかいが絶えず、そういうことを話せる状態ではなかった。

入学式が終わって教室に移動すると、型どおりに担任のあいさつや生徒の自己紹介が行われた。翌日からは授業が始まったが、クラスは休み時間も静かで、入学直後の浮き立つような雰囲気はなかった。上級生が教室の前を通ったり、隣の校舎からこちらを見ていて、男生徒も女生徒もみな怯えきっていた。

入学前から聞いていた「呼び出し」は、初日から行われた。放課後、学校の近くにある小高い森に来るように、教室に来た二年生が数名の男生徒の名を呼ぶ。その際、入学金として一万円を持っていくことも、誰からともなく伝わっていた。

カツヤはクラスで呼び出された最後のグループだった。一週間緊張して待ち続け、昼休みに「呼び出し」を伝えられたときは、ほっとしさえした。しかし、帰りのショート・ホームルームが終わって校門を出たときには、恐怖心で腹痛が起こり、脂汗をかきながら森に向かった。

森は金網に隔てられて米軍基地の中へ続き、全体が市の史跡に指定されているために開発を免れていた。中腹に崖がえぐられたような窪みがあり、貝塚や千数百年前の住居跡として柵が施されていた。そこは地域の拝所《うがんじゅ》でもあり、窪みの前の広場には砂利が敷かれ、まわりを木々が囲んで外からは見えなくなっている。昔は部落の神人《かみんちゅ》が集まって祭祀を営んだ神聖な場所だったというが、今は時々拝みに来る者がいるくらいだった。

「遅いぞ。早く上がれ」

広場に続く階段の前にいた二人の上級生が、カツヤを怒鳴った。コンクリート製の擬木の手すりがついた階段を駆け上がり広場に入ると、すでに十数名の新入生が砂利の上に並んで正座させられている。カツヤは急いで列の端に行き、みながやっているようにズボンの裾を膝までたくしあげ、靴と靴下を脱いでひざまずいた。砂利がすねや足の甲に当たる痛さも、これから起こることを予想すると問題にならなかった。

五分ほどそのまま待たされ、カツヤのあとに来た三名を含めて、五クラス五名ずつ二十五名が二列に並ばされた。全員がそろうと、起立して一人ずつクラスと名前を大声で言い、頭を下げて持ってきた一万円を両手で差し出した。それを上級生がもぎ取るように集めて回る。

広場にいた上級生は七人だった。その時は名前も学年も分からなかったが、比嘉だけはすぐにそれと察せられた。他の上級生が、新入生に話しかけたり、軽く殴って笑ったりしているのに、一人だけ拝所の縁石に座って様子を眺めていた。制服も他の上級生のように変形してなかったし、髪型もその頃流行っていた剃りを入れていなかった。痩身の体は一見ひ弱にさえ見えた。ただ、体全体から漂ってくる雰囲気は、同じ小学校から来た同級生の一人から注意されたように、けっして目を合わせてはいけないタイプだということを納得させた。

自己紹介と入学金の上納が終わると、カツヤたちは上着を脱いで砂利の上に仰向けに寝るよう指示された。みな、すでに洗礼を受けた同級生たちから聞いて、これから行われることを知っていた。学生服とシャツを脱いで足元に置くと、木陰の肌寒さに鳥肌が立つ。列の前後に立った上級生たちに怒鳴られながら地面に横たわる。背中に刺さる砂利の冷たさに全身が硬直する。手を頭の後ろに組んで腹筋を固めるように指示が飛んだ。

眉毛を剃り、唇の片側に裂けたような傷のある小柄な上級生が、貝塚の縁石に使われているなめらかな石を持ち上げると、列の端に寝ている新入生の横に立った。比嘉が立ち上がってうなずく。唇に傷のある上級生は、五、六キロはありそうな石を胸の前に構えた。

「腹固めれ」

そう言うと、即座に石は落とされた。薄い腹筋にめり込む音がし、呻き声が聞こえる。

「声出すな、ふらー」

罵声のあとに、体を蹴る音が続けて起こる。

「目を閉じれ」

「だらだらするな」

四方から発せられる上級生の声に、新入生は全員体を強ばらせ、きつく目を閉じた。肉に石がぶつかる音と呻き声、上級生たちの威嚇する声や笑い声が繰り返される。カツヤは二列目の最後から四番目だった。自分の番を待つ緊張が、列全体を縛っている。終わった者たちも、次は何があるかと緊張が解けなかった。カツヤは別のことを考えて気を逸らそうとしたが、無駄だった。近づいてくる音と声に、小細工はすぐに砕かれた。

隣の新入生の横に上級生たちが立つ気配を感じた。隣とは五十センチも離れてなくて、体の震えが伝わってくる。石を落とすとき、上級生の一人が口笛を吹いた。ひっ、という短い声のあとに石のぶつかる音がし、跳ね返って転がった石がカツヤの脇腹に当たった。思わず目を開けると、そばに立っている比嘉と目が合った。まずいと思ったが遅かった。唇に傷のある上級生を制して、比嘉は石を拾い上げた。黒目の淡い独特の目だった。その目からカツヤは視線をそらすことができなかった。比嘉はゆっくりとカツヤの顔の上に石を差し出す。焦点が拡散したような比嘉の目には、何の感情もないようだった。比嘉の靴先がカツヤの肩を蹴った。目を閉じろ、という意味だと思い、すぐにそうしたが、恐怖心が目を開けさせる。石は顔の真上にあった。比嘉の指が離れる。カツヤは体をねじって頭をよけた。落下する石の起こした風が、首筋から後頭部をかすめた。

「何か、お前は」

別の上級生がカツヤの背中を蹴った。集まってきた上級生に引きずり起こされると、顔を張られ、腹を殴られる。鳩尾に拳が入って、カツヤは胃から込み上げるものをこらえきれなかった。汚物がズボンにかかった上級生が、喚きながらカツヤを殴り、蹴りつける。体に加えられる痛みよりも、自分を見ている比嘉の目が恐かった。改めて仰向けに寝るように言われて、カツヤは震えが酷くて思うようにならない体をどうにか横たえた。

「動くなよ」

石を手にしたのは比嘉ではなく、あごひげを伸ばしたニキビ面の上級生だった。唇に傷のある上級生がカツヤの腕を摑み、頭の後ろに組ませる。カツヤは、目を閉じて歯を食いしばった。別の上級生が脚を押さえる。顔をそむけようとして頭を蹴られた。二、三秒の時間が長かった。石は胸に落とされた。心臓を直撃した衝撃にのけぞり、横向きになって喘いだ。顔を踏む靴底の感触とゴムの臭いが、痛みとともに生々しく残った。

それから三ヶ月ほどは、深呼吸するだけで肋骨が痛み、運動することができなかった。骨に罅《ひび》くらいは入っていたのだろうが、親や教師には暴力を受けたことをひた隠しにし、病院にも行かなかった。あの時、自分が避けなくても、比嘉は顔面に石を落としただろうか、とカツヤは考えた。比嘉ならやっただろう、という推測はその後、付き合いが深まる中で、間違いなくやった、という確信に変わった。初対面の日に刻み込まれた比嘉への恐怖は、二度とカツヤから消えることはなかった。

入学して最初の呼び出しが終わると、後は毎週二千円の上納金を納め、目立つことさえしなければ暴力を振るわれることはないはずだった。ただ、その目立つことが何なのかは、誰も分からなかった。どこのクラスにも何名かいる、入学直後から制服を変形させたり、眉を剃ったりしている連中が呼び出されるのは当然としても、普通の生徒の呼び出しが何を基準に行われているのかは不明だった。それが学校内での生徒たちの行為全てに不安をつきまとわせていた。上納金の額にしても、暴力にしても、下級生を過度に追いつめることもしなければ、不安と緊張を失わせることもしない。長期にわたって全生徒を支配する方法を比嘉のグループは確立していた。

カツヤは部活動もやらず、帰りのショート・ホームルームが終わると、塾を口実にすぐに家に帰るようにしていた。別のクラスの新入生から、二度目の呼び出しを伝えられたのは、黄金週間に入る少し前だった。指定された場所は技術教室や家庭科教室のある棟で、五時を過ぎて準備室から教師がいなくなると人気のなくなるところだった。

廊下に四人の三年生がたむろしていて、カツヤを待っていた。中の一人が手を差し出した。カツヤが一万円札を渡すと、金持ちは違うよな、と言いながら札を指で弾く。三年生たちの体臭と膿んだニキビの臭いに吐き気を覚えながら、カツヤはうつむいて目を合わさないようにしていた。別の三年生がカツヤの首に手を回して締め上げ、学校への感想やクラスの様子を聞いた。少しでも言いよどむと首を絞める力が強まるので、言葉を選んでいる余裕はなかった。クラスで上級生に反抗的な奴の名前を聞かれ、何名かの名を適当にあげながら、彼らもそうしているに違いない、と自分に言い訳した。

そうしている間、ずっと気になっていたのは、窓枠にもたれ、外を眺めている比嘉のことだった。しばらくして、比嘉が何か合図すると、一人が技術教室の窓枠を持ち上げて揺すり、もともと緩んでいたらしい鍵をはずして窓を開けた。促されて中に入ると、閉め切られた教室は工具の油や塗料、湿った埃の臭いが混じり、息をするたびに肺が汚れるようだった。作業台に据えつけられた万力や金床、壁際の台に並べられたペンチやハンマーを見ないようにしても、それらを使ってリンチされる場面が浮かんできて、立っている膝に力が入らなかった。

三年生たちはそういう物には興味を示さずに、校舎の裏に面した窓を開けて庇に降りた。窓際に立って指示を待っているカツヤに、外に出ろ、と唇の端に傷のある三年生が言う。急いで窓を越えて庇に降りると、最後に降りた比嘉が庇の端に歩いていく。庇は学校の裏側にある森に面していて、部活動が行われている体育館やグラウンド、職員室からは死角になっていた。西日を受けた森に校舎の影が伸びている。庇の幅は一メートル足らずだった。一方の端に立たされたカツヤは、反対の端に立っている比嘉の姿を見た。森の色が反射しているのか学生服がかすかに緑がかって見える。森の方を見ていた比嘉が正面を向く。カツヤはすぐに足元に視線を落とした。砂利の敷かれた地面に雑草がまばらに生えている。校舎と森はブロック塀で隔てられていて、その塀と校舎の間には三メートルほどの空間がある。塀に沿って黒木が植栽されていたが、日当たりが悪いせいか、どれも立ち枯れていた。

二人の三年生がカツヤの後ろに立ち、もう一人は技術教室に残って監視役となった。上級生の呼び出しの場所や暴力の振るい方については、新入生の間で情報が飛び交っていた。グループ内の力関係や、一人ひとりの性格や特徴、対応の仕方についても噂は伝わってきた。だが、技術教室で行われるやり方については、聞いたことがなかった。

恐る恐る顔を上げると、比嘉との距離は三十メートルほどだった。

「ハンカチ持ってるか」

後ろから声をかけられ、うなずくと、それで目隠しをし、手を頭の後ろに組んで、比嘉のところまで歩くように言われた。庇から地面までは三メートル位の高さで、目を開けてなら飛び降りることもできた。だが、目隠しすると聞いて足がすくんだ。後ろの二人に、早くやれ、と背中を小突かれ、カツヤはズボンのポケットからハンカチを出して目を覆った。三年生の一人が後ろできつく縛り直し、ハンカチの前を引き下げ、隙間から見えないか点検する。

直後、背中を押され、カツヤは一歩踏み出した。足を踏み違えて落下すること以上に、比嘉の機嫌を損ねることの方が恐ろしかった。視力を失うと、まっすぐ進むことがこれほど難しいとは知らなかった。左側の地面を避け、どうしても右側の教室の方に体がそれていく。頭の後ろで手を組み、横にはった肘が壁に触った瞬間、右の太腿の裏を靴先で蹴り上げられた。膝が落ち、壁に手を突いて体を支えようとすると、今度は右の肩胛骨を殴られる。

「手を組めよ、おい。今度壁に触ったら蹴り落とされるよ」

後ろから浴びせられる声は、たんなる脅しとは思えなかった。爪先で前を探っているカツヤの背中をてのひらが押す。前によろめいたカツヤは、叫び出しそうになるのをこらえ、すり足で前に進んだ。十メートル進むのにどれだけ時間がかかったか分からない。途中何度か、左足が宙に浮いたような気がし、そのまま体が地面に吸い寄せられて行くようで思わず座り込んだ。そのたびに背中や腰を蹴られ、あわてて立ち上がった。ハンカチが濡れ、鼻水が顎を伝わって喉から胸へ流れ込む。立ち止まって肩で顎のあたりを拭こうとすると、すぐに拳や蹴りが飛んでくる。奇声や笑い声が上がるたびに、カツヤは首をすくめた。足元への注意と背後への警戒で、あとどれくらいの距離があるのか考える余裕がなかった。ただ、背後からの威しやからかいも、前からくる沈黙の圧力に比べればまだ耐えやすかった。比嘉に近づくにつれ、歩き終えることに安心よりも恐怖心の方が募り、息苦しさが増していく。脚の感覚がなくなり、自分の体がすでに宙に浮いていて、落下の途中のような錯覚に襲われる。

ふと何かが軽く胸に触れた。立ち止まると、ハンカチを取れ、と背後から声がかかる。言われたとおりにすると、比嘉の顔が目の前にあった。比嘉の指先が胸に触れている。目が合ったとき、それまでの恐怖心が一転し、救われたような気持ちで涙があふれた。思わず頭から手が放れ、比嘉にすがりつこうとしていた。比嘉の指先が離れ、ゆっくりと肩の方に移動する。ほとんど力は入っていなかった。左側に押され、体が傾き、ゆっくりと倒れていく。退屈そうな比嘉の表情が見え、カツヤは自分がとても無力でつまらない存在だということを知った。体が急に重くなっていき、比嘉の姿が逆さになって遠ざかる。とっさに地面についた左手が折れる音が、体内を伝わって聞こえた。左の腰から太腿、脇腹、左肩と衝撃に歪んでいく。地面に叩きつけられたカツヤは、息を吸えずに喘いだ。庇から下をのぞき込んでいる上級生たちの姿がぼんやり見える。その中に比嘉の姿はなかった。比嘉から見放され、置き去りにされていくことへの寂しさと不安が込み上げてくる。体の痛みや息ができないことよりも、カツヤにはその寂しさと不安の方がつらかった。

駆けつけてきた教師たちに病院に運ばれたのは、半時間以上経ってからだった。骨折したのは左腕だけだったが、全身打撲で一週間入院し、退院してからもさらに一週間、家で療養した。教師たちや親には、自分で誤って落ちた、と言ったが、見え透いた嘘は通用しなかった。しかし、どれだけ叱責され、絶対に報復はさせないから、と言われても、カツヤは事実を打ち明けなかった。教師たちがまったくあてにならないのは分かりきっていた。校内でも校外でも、教師の目が届く範囲は知れている。一言でも比嘉たちのことを口にすれば、次は庇から落とされるくらいではすまない。教師たちは親に説得させようとしたが、父親はその頃、愛人の住むマンションに入り浸っていて、担任の教師と会おうともしなかった。母親も嘉手納基地のゲート近くに開店したばかりのスナックを軌道に乗せるのに一所懸命で、通り一遍の対応しかしなかった。

学校の呼び出しをすっぽかした両親に担任は呆れ果て、生徒指導の教師と一緒にカツヤを怒鳴りつけることで鬱憤を晴らしていた。教師に怒鳴られようが、殴られようが、そんなものは恐くなかった。左手にギプスを着けて登校してきたのを見て、同級生たちはカツヤが比嘉のグループに目をつけられていると判断し、誰も話しかけてこなくなった。教室で孤立したまま、次の呼び出しを待つ日々が続いた。

すでに一年生の中で登校拒否を起こしている者が五、六名いた。カツヤはそういうことはしたくなかった。親も教師も同級生も誰もあてにはならない。唯一、あてになる者がいるとしたら、それは比嘉だった。比嘉に気に入られる以外に、安全に過ごす方法はなかった。気に入られるためには、人より多くの金を出し、より従順に振る舞うこと。中学一年のカツヤには、それしか思いつかなかった。

まだ幻想があったのだ。その頃のことを思い出すと、自嘲が込み上げてくる。金を多く渡せば見逃してくれる。実際はそんな甘いものではなかった。一年生の二学期が終わる頃には、カツヤは三年生の使いっぱしりとして、同級生に呼び出し場所と時間を伝える役割を与えられていた。同級生から総すかんを食らっても、比嘉に媚びを売り、自分を守るのに必死だった。そういう自分の姿は卑屈そのものであり、思い出すたびに自己嫌悪にさいなまれる。ただ、カツヤを動かしたのは卑屈さと自己保身だけではなかった。あの頃からすでに、比嘉に他の上級生とは違うものを感じて、惹かれるようになっていた。いや、それは森の祭祀場で初めて会ったときから芽生えていた感情だった。

テナントビルの前で、見送りの女が声をあげる。道路を渡ってくる比嘉を認め、カツヤは外に出て後部座席のドアを開けた。ウイスキーの匂いはしたが、酔っているようには見えない。中学生の頃から、どんなに飲んでも比嘉は崩れたところを見せなかった。自宅に戻ることを確認して車を発進し、しばらく走らせていると、助手席に紙袋が放られた。

「二週間分入ってる」

比嘉の言葉に、カツヤは前を向いたままうなずいた。紙袋の中に入っている錠剤は、アルミシートに二列に並んでいて、一見すると市販されている頭痛薬に見えた。最初の女をあずけられたときに初めて渡されたのだが、一回に二錠を限度に、仕事の前と寝る前に飲ませるよう言われただけだった。カツヤは何も質問せずに言われた通りにした。その錠剤の成分やどういうルートで比嘉の手に渡ってくるか、それを知って身のためになることはなかった。琉誠会の幹部という叔父から流れてくるのだろうとは思ったが、それ以上は考えないことが、自分の身を守る最良の方法であるとわきまえていた。

「女がダメになったら連絡しろよ。代わりはいくらでもいるからな」

「分かりました」

比嘉の言葉に答えて、カツヤは運転に集中した。比嘉が独りで住んでいるマンションは、沖縄市の空港通りの近くにあった。マンションの駐車場に車を入れ、カツヤは鍵を比嘉に渡して外に出た。タクシー代として一万円を渡され、写真の入った紙袋を手に玄関ロビーに入っていく比嘉を見送る。大きく息をついて、カツヤは空港通りに向かって歩いた。三人の米兵による事件が起こってから外出禁止になっているのか、嘉手納基地のゲートに続く通りを歩いている米兵の姿はなかった。胡屋十字路の近くまで来てタクシーを拾い、那覇の国際通りまで、と運転手に告げて、カツヤは目を閉じた。

三越裏の駐車場から車を取り、アパートの近くのコンビニで買い物をして部屋に戻った。キッチンの明かりを点けると、買ってきたヨーグルトや缶ビールを冷蔵庫に入れ、マユの部屋をのぞく。タオルケットを肩までかけてマユはうつ伏せに寝ていた。ミネラルウォーターをベッドの枕元に置き、頬を叩いて起こすと、比嘉から渡された錠剤を二錠含ませる。エアコンをつけてなくて部屋は熱がこもり、マユの体は汗ばんでいた。目を閉じたままカツヤの手にしたペットボトルから水を飲んで、マユは眠りを続ける。

自分の部屋に入ると、机の上のカメラが目にとまる。引き出しの中のフィルムをどうするか迷った。写真をばらまかれるのを覚悟で、男が警察に訴えるとは思えなかったが、一通りは脅さなければならないと思った。写真を使って男から金を巻き上げる気はなかった。男の行動を縛り、とにかく比嘉にばれないようにしなければと思った。

ベランダに出て生乾きの洗濯物を取り込み、ベッドに仰向けになると、カツヤは右手で顔を覆い、目を閉じた。マユが男に見せた反応は予測できなかった。部屋にあずかってから二週間の間、外に出るときとトイレやシャワーを使うとき以外、マユは眠ってばかりいた。

「シンナーをやり過ぎて、脳みそが溶けてるからな」

マユを渡されるとき、比嘉と一緒に行動している松田が、笑いながらカツヤに言った。マユが過去にシンナーをどれだけやったか詳しくは知らない。ただ、今のマユの状態はシンナーよりも毎日飲んでいる錠剤の影響が出ているのだろうと思った。比嘉や松田がクスリと呼んでいる錠剤を飲んでも、見た目には目立った変化が表れるわけではない。ただ、女たちの様子を見ていて、体と心を深い奥からゆっくりと壊しているのは分かった。

この二週間、マユはヨーグルトや牛乳を少量とるだけで、食事らしい食事をしていない。コンビニから買ってきた惣菜やサンドイッチを出しても、手をつけようとしなかった。一五〇センチあるかないかの小柄な体は、体重も三〇キロ半ばしかないのではと思えた。それでも仕事ができればかまわなかったが、日に日に衰弱が進んでいて、客を取ることさえ難しくなっていた。

襖一枚隔てた向こうに、人の気配が感じられなくて不安がきざす。その一方で、このまま消えてくれないかと思う。マユだけでなく、この現実が全て消えて無くなり、朝、目が覚めると別の場所にいて、一からやり直せれば……と思った。そう考えている自分を嘲る笑いは、強い酸のように気持ちを萎えさせ、意志をぶよぶよに腐らせる。

ベッドから起き上がると、カツヤは冷蔵庫から缶ビールを取ってきて床に腰を下ろし、買ってきた弁当を食べながら飲んだ。テレビのスイッチを入れ、借りてきたビデオの続きを見る。日本復帰直後の沖縄やくざの抗争を描いた作品で、二十年近く前に作られたものだった。松田に薦められて見始めたが、対立する派の幹部の性器をペンチで潰す場面に興奮したくらいで、あとは時代背景もよく分からず、主役の役者の過剰な演技も鼻についた。明日中に返却しなければならないので最後まで見ようとしたが、酔いの回りが早く睡魔が襲ってくる。

ぼんやり画面を見ていると、隣の部屋でベッドがきしみ、寝具のこすれる音がしたようだった。缶ビールを飲み干し、ビデオを一時停止してキッチンに行く。弁当ガラをゴミ袋に捨てると、水道の蛇口から水を飲んだ。浴室で便器に向かい放尿していると、床に血痕が残っているのに気づいた。昼間の怒りがよみがえり、マユを引きずり出して拭かせようかと思ったが、思いとどまった。部屋に戻ってベッドに仰向けになり、再開したビデオを見ている間に眠りに落ちた。

枕元の目覚まし時計を見ると十二時を回っている。起きた直後の頭痛はビールのせいだけではなく、中学の頃からよくあるものだった。目を開けるのもきつくて、しばらくベッドに横たわり、痛みが治まるのを待った。半時間ほど寝直してからベッドを降り、流し台の引き出しから頭痛薬を取り出して飲んだ。トイレを使い、シャワーを浴びる。しばらく練習を怠けている間に、腕の筋肉の衰えが目につく。十二月が来れば二十二歳になる。余分な脂肪はついていなかったが、毎日道場に通っていた頃の筋肉の張りもなかった。肌を焼く機会もないので、女たちが内地人《ないちゃー》のようだと口にするくらい色白の体が疎ましかった。

シャワーの湯を流しながら軽くシャドーボクシングをやる。中学一年の半ばから始めた空手は、十八歳で二段の腕前になっていた。一年半前までは週三回は道場に通っていて、残りの四日もジョギングや腕立て伏せを欠かさなかった。それが、この半年ほどは空手着を着けたこともなければ、走ったこともない。突きのスピードが落ちているのが情けなかった。

浴室を出て、腰にバスタオルを巻いたままマユの部屋に入り、向こう向きに寝ている体を仰向けにして頬を叩いた。目を覚ましてからベッドを降りるまで時間がかかりすぎるので、最初は甘えていると思って怒鳴りつけていた。やがて、本当に体が動かせないのだと知って怒鳴るのはやめたが、顔を洗いに行くまでを待つ間、苛々してならなかった。

自分の部屋に戻ってジーンズとTシャツを着ていると、開けたドアから裸のマユが浴室に向かうのが見えた。松田の言った、壊れている、という言葉が頭に浮かんだ。

家出をして、テレクラで金を稼ごうとする中学生や高校生は珍しくなかった。知り合いのテレクラ業者から、よく電話をかけてくる少女の情報が入ると、比嘉は電話を転送させて少女と会った。高額の金をちらつかせてホテルで遊んだあと、殴りつけて写真を撮り、脅して自分の監視下に置いた上で客を取らせる。その際、比嘉はけっして無理をしなかった。脅したあとには一転して優しく振る舞い、根気強く話を聞いて、少女の性格や家庭状況などを調べ上げる。心にいくつも痛手を負い、始終不安にさいなまれているような少女たちの中には、胸の中に溜まったものを吐き出し、比嘉に甘えてくる者さえいる。そういうタイプは比嘉の格好の餌食だった。少女の性格を見分ける比嘉の目は正確で、役に立ちそうにない少女はさっさと見切りをつけ、警察に訴えさせるようなへまはしない。使える少女を目敏く選び、巧みに言いくるめてカツヤや何名かの手下にあずけ、写真を撮るためにツーショット・ダイヤルで男をとらせる。その時点でほとんどの女はクスリ漬けになっていて、逃げようという気力さえ失っていた。

カツヤはそうやって比嘉に連れられてきた少女を何人も見てきた。見た目の派手さや攻撃的な口調とは裏腹に、大してすれてはいない少女が多かった。孤独を極端に恐れ、優しくされることに飢えている少女たちの気持ちにつけ込む比嘉の手練手管は大したものだった。本気で比嘉に金を貢ごうとしている少女も少なくなかった。

ただ、マユに関しては、別の形で比嘉の下に連れてこられたとカツヤは聞いていた。今までこんなに衰弱している女を見たことはなかったし、ここまでクスリ漬けになっているのも初めてだった。今までカツヤがあずかった二人の女は、自分の意志でやっているんだという強がりを見せていた。カツヤが話しかければ会話も成り立った。

マユは二人とは違い、無口というより、言葉自体を失いかけているような寒々とした印象があった。体だけでなく心もやせ細っていて、疲労感や衰弱という言葉では足りない、見ているだけで気が重くなるものがあった。それだけに、前日の行動が意外だった。

浴室から出てきたマユが着替えるのを部屋の入り口で待った。濡れた体をおざなりに拭いて、カツヤがプラスチックの衣装ケースから出しておいた白いTシャツと、数日間はきっぱなしのジーンズを身に着ける。それらを洗濯するのもカツヤの仕事の一つだった。女たちをベランダに出すことはできなかったし、そもそも洗濯をする元気もなかった。部屋は濃い緑のカーテンに陽光が遮られ、昼も点けっぱなしの蛍光灯の光が、脇腹や首筋に弱い影を作る。

濡れた髪をドライヤーで乾かしている姿を見ながら、ふと、数年前に本土で起こった事件を思い出した。自転車に乗った女子高校生が少年たちのグループに連れ去られ、部屋に閉じこめられて一ヶ月以上いたぶられた挙げ句、コンクリート詰めにされて空き地に捨てられた。捕まった少年たちの一人が、女子高校生がしだいに重荷になっていくのが耐えられなかった、と警察に話していたという週刊誌の記事を思い出し、その気持ちが分かるような気がした。

「行くか」

声をかけると、マユは折り畳み式のテーブルに置いてあったサングラスを取り、Tシャツの襟元にかける。玄関に向かう途中で、カツヤは冷蔵庫を開けて紙パックのオレンジジュースをマユに差し出した。マユは何の反応も示さない。余計なことをしなければよかった、と自分にうんざりしながらジュースを冷蔵庫に戻し、カツヤは先に玄関に下りた。

山下十字路を右折して五八号線に出た。割とすいている道を北上し、波の上に向かう。ラブホテル街に近い公園のそばに駐車すると、マユを助手席から降ろした。マユは公園の入口近くにある公衆電話に歩いていく。車の通行や人通りが少なく、電話ボックスも木の陰になっているので、よく利用する場所だった。ほとんど水が出たことのない噴水が中央にある広場で、中学生くらいのグループがタバコを吸い、スケートボードをやっている。学校にも行かずに私服で遊び回っている様子を見て、何も変わらないな、とカツヤは思った。

数日前の新聞に、テレクラで女子中学生と会う約束をした会社員が、仲間らしい少年のグループに殴られ、金を奪われたという記事が載っていた。近くにある別の公園で起こった出来事だった。怪我をした会社員が、何を思ったのか警察に訴え、逆に取り調べを受けていた。中学生の少女を使ってテレクラの客から金を巻き上げているグループの話は、記事になる前に松田から知らされていた。こういう連中のせいで取り締まりが厳しくなると、松田は喫茶店で新聞紙を叩き、苛立っていた。

「捕まえてミンチにしてやるか」

松田の言葉に比嘉は返事をしなかったが、新聞の記事を破り取ってセカンドバッグにしまった。

そのことを思い出しながら少年たちを見ていると、カツヤの視線に気づいたらしく、挑発するようににらみつけ、唾を吐き捨てる。幼い顔立ちと剃った眉が不似合いな少女を後ろから抱き、脚の間に体をはさんでベンチに座っているリーダーらしい少年が、どんよりとした目でカツヤを見る。三十メートル以上離れている車まで、シンナーの臭いが漂ってきそうだった。腕時計を見ると午後二時を少し回っている。平日のこの時刻に電話をかけてくるのは観光客や学生、無職の若者が多く、適当な対象にあたるまで時間がかかった。マユが戻ってきたのは十五分近く経ってからだった。助手席に腰を下ろすと、男と約束した場所と時間を告げてシートにもたれる。木の陰にあるとはいえ電話ボックスの中はけっこう暑かったはずなのに、Tシャツには汗の染み一つない。襟元に下げたサングラスに陽光が反射し、窓の外に目をやっているうなじに産毛が光っている。十月も半ばを過ぎたというのに、昼の日差しは夏と大して変わらなかった。

サイドブレーキを下ろし、車を発進しようと四方を確かめると、噴水前の少年たちから指笛が聞こえた。リーダーらしい少年が、人差し指と中指の間から親指を出し、カツヤとマユを見てにやついている。他の少年たちが笑い声を上げ、手を叩く。挑発されても怒りは湧いてこなかった。数年前の自分の姿を目にしたような気がして、苦々しさとおかしさを覚えながらカツヤは車を出した。

約束の場所は車で二、三分の距離だった。五十メートルほど離れた場所で車を止め、カツヤは様子をうかがった。道路に面したコンクリート製の鳥居の近くに、マユが言ったのと同じ車種、色の車が止まっている。運転席のドアにもたれて立っている男が、しきりに腕時計に目をやりながらあたりを見回している。約束の時間まで、まだ十分以上あった。クリーム色のラックスに赤いポロシャツを着ていて、二十代後半くらいのがっしりした男だった。色白で内地人《ないちゃー》かと思ったが、観光客ではなさそうだった。

カツヤは手前の路地に左折して入ると、スーパーの駐車場に車を入れて時間を潰した。待ち合わせの男を見分けるのは造作なかった。最近はテレクラやツーショットの常習者かどうかも見分けがつくようになっていた。カメラのレンズ越しに観察すると、男たちが感じている不安や後ろめたさ、疚《やま》しさ、予想以上の相手が現れたことへの嬉しさなどが、生々しく伝わってくる。

新しいフィルムを入れたカメラを点検し、約束の三分前になっていることを確認した。ドアのロックを解除し、ホテルに入ったら男がシャワーを使っている間に必ず携帯電話に連絡を入れるようにマユに言った。マユは返事をしないでドアを開けて出ていく。襟元のサングラスをかけて歩いていく後ろ姿を見送り、前日と同じことを繰り返すことはあるまい、と思った。ただ、不安は消えなかった。今さら呼び戻すこともできず、マユが大通りに出たのを見て、カツヤは車を移動させた。

鳥居から四十メートルほどの距離をおいて路側帯に車を停める。鳥居の下でタバコを吸っていた男は、近づいてくるマユを見て驚きの表情を浮かべた。望遠レンズをハンドルに載せて固定し、ピントを合わせてシャッターを切る。男は値踏みするようにマユを眺め、笑いながら話しかけている。注意は完全にマユにいっていて、周囲への警戒心は消えている。よく見ると年齢は三十歳前後で、整った顔立ちをし、髪や服装も清潔感があった。昼間からツーショット・ダイヤルで女を漁っているにしては陰りがなくて、どういう職業なのか判断しにくい。ただ、何度かシャッターを切っているうちに、印象が少しずつ変わっていった。笑う口元やマユを見る目に冷酷さを感じ、全身から漂う嫌な雰囲気が気になった。

男が助手席のドアを開け、マユが乗り込む。運転席の方に回りながら男はカツヤの方に目をやった。鋭い目つきに、気づかれたか、と思った。カメラを下ろし、望遠レンズにかけてあった黒いタオルで顔を拭く。男はしばらくカツヤの方を見ていたが、背後を確認してからドアを開け、運転席に乗り込んだ。

男が発進すると、少し間をおいてからカツヤは車を出した。ラブホテル街までは短い距離で、地理も熟知しているので尾行には余裕があった。二人の乗った車は、最上階にプールがある、このあたりでは一番値の張るホテルに入った。駐車場の出入りが見える場所に停車し、カツヤは男や車の特徴をメモにまとめた。それから、ダッシュボードから読みかけの推理小説の文庫本を取り出した。しかし、目は文字を追っても意味が頭に入らなかった。マンションの陰に停めてあるが、エンジンをかけてクーラーをつけていないと、暑くて乗っていられなかった。

シートを軽く倒し、カツヤは指先で目のまわりをマッサージした。

「人間なんて思うなよ。金を生む生き物を飼ってると思え」

比嘉の考えを代弁するというように、松田がカツヤに何度も言った。そう思わなければやれない仕事だし、家出してだまされる馬鹿な中学生や高校生など、カツヤにとってどうでもいい存在でしかなかった。ただ、マユが今のようになるきっかけという話を、比嘉の連れていた女の一人から聞いたときには、マユへの同情と自分がやっていることへの嫌悪を抱かずにいられなかった。

比嘉と松田を送る車に乗り合わせたその女は、中学でマユの同級生だったと言った。彼女たちが通っていた中学も、上級生の暴力や金銭巻き上げが酷かった。女生徒の間でもそれは半端ではなかったらしい。その学校でマユは生徒会役員をやっていて、会長の男生徒よりも目立つくらい活発だったという。かわいくて成績もよかったマユは、男生徒だけでなく、女生徒の間でも人気があった。上級生の女生徒に庇護されていたマユは、二年生までは自由に振る舞っていた。

しかし、三年生になったとき、それまで普通に付き合っているように見えた同級生の女生徒たちの態度が豹変した。不良グループの一つに、新学年に入ってすぐに呼び出されると、集中的に金をせびられた。貯金を使い果たすのに一ヶ月もかからなかった。両親が離婚して女手一つで育てられたマユは、母親に気を遣ったのか、学校を休むことも悩みを打ち明けることもできないまま、万引きの手伝いをさせられるようになった。

車の後部座席には女と比嘉、松田が座っていて、助手席にはマユも座っていた。女は酒が入っていて、笑い声を上げながら大声で話した。信号待ちの時にカツヤは助手席のマユに目をやった。外を見ているマユの無表情の顔が、窓ガラスに半透明に映っている。女の声が聞こえていないのか、と思うほど、マユには外界への関心が感じられなかった。

女は話を続けた。マユは親や教師にばれるのを恐れて、それまでと変わらない姿を見せ続けた。それがかえって一部の女生徒たちを刺激した。もっとも、教師や親に事実を打ち明けたり、動揺を露わにしても、起こる結果は同じだったかもしれない。

夏休みのある日、廃屋になったレストラン跡にマユを連れ込んだ女生徒たちは、遊び仲間の男たちも交えてリンチを行った。外からは見えない腹や背中を蹴り、腿の付け根にタバコの火を押しつけた。そして男たちに嬲らせたあと、ハンカチに一包みの小石を性器に詰め込んだのだった。何個まで入るか男たちは賭けをした。子宮の中が傷ついて血が止まらなくなり、あわてたグループは、マユをほったらかしにして逃げ去った。

マユは道路まで這い出て、通りかかった車に助けを求めた。病院に呼び出された母親は半狂乱になり、その日の夜に担任の教師に会い、翌日は学校に泣訴した。学校は臨時の職員会議を開き、すぐに調査したが、マユは教師が病室に入ろうとしただけで泣き喚いて、いっさい話に応じようとしなかった。生徒の中で情報を提供する者はいなかった。警察も傷害事件として動いたが、どんなに説得されても、マユが口を開くことはなかった。結局、犯人を割り出すことができないまま、うやむやになってしまった。

入院中も、退院して家に戻ってからも、マユは何も話そうとしなかった。そして二度と登校しないまま、中学を卒業した。家から一歩も出られない状況では、高校進学などとても無理だった。事件から二年以上経って、やっとマユは外を歩けるようになり、アパートの近くのパン屋でアルバイトをするようになった。

ある日、そこにマユをリンチした女生徒の一人が顔を見せた。高校の制服を着て、一見してまじめそうに見える女生徒は、まるで何事もなかったかのように親しげに話しかけ、パンをいくつか買っていった。やっと始めたアルバイトをマユは辞めたくなかった。それから女生徒は頻繁に店に訪れるようになり、しだいにマユも女生徒と話をするようになった。家で母親とも滅多に言葉を交わさなくなっていたマユにとって、唯一の話し相手が彼女になった。自分を傷つけた相手に依存する、一見奇異に見える行為が、しかし、カツヤにはよく理解できるような気がした。

女生徒が店に来てから三ヶ月あまり経った夜、バイト先からの帰り道に女生徒が待っていた。

誘いを断り切れずにファーストフード店に入ってしばらくすると、二人の男と女が一人、店に入ってきた。三人とも事件の時に現場にいた連中だった。マユの横に男の一人が座ると、よろしくな、と耳元でささやいた。体を押しつけられ、声を出すことも身動きすることもできず、マユは向かいの席に座る女と、近くの席から椅子を持ってきて腰を下ろした男を見た。私服では、三人が高校に通っているのかどうかは分からなかった。三人とも不良らしい格好をしているわけではなく、まわりの目にはありふれた高校生のグループにしか見えないはずだった。

横に座っている男が、今日は記念写真を見せたくて、と言うと、二枚の写真をマユの前に置いた。脚の間から血を流して仰向けに横たわっている写真と、男の物を口に含まされている横顔の写真。マユの顔が強ばり、蒼白になっていくのを見て、男はマユの背中に手を回し、騒ぐなよ、とささやいた。男は写真を重ねて上着のポケットにしまった。もっとあるんだけどね、よかったら買ってくれないかな、と向かいの席の女が、笑顔を浮かべて言った。

翌日、マユは比嘉に引き合わされた。そこから先はお決まりのコースだった。テレクラやツーショットで男を誘い、稼いだ金で写真を一枚一枚買わされる。しかし、焼き増しすれば写真はいくらでも作れる。そのうちにシンナーやクスリを勧められ、それに手を出してしまえば、あとは深みにはまっていく一方だった。母親も今では半分気がおかしくなっていて、ユタを買うのと男に熱中して、マユのことを顧みようともしないらしかった。

女の話を聞きながらカツヤは、写真を撮ったときから比嘉が関わっていたのではないかと思った。狭い島の中でこういう仕事に引きずり込む対象は、地縁血縁関係が薄く、孤立した家庭が狙い目だというのは、比嘉がよく口にすることだった。事件のあと、マユの家庭状況から母親の性格や経済状態、親戚関係まで調べ上げた上で、比嘉はことを進めたのだろう。

女は、マユの性器に石が詰め込まれる場面を、よほど気に入っているのか二度話した。こと細かく描写する女の話しぶりに、カツヤは運転しながら胸がざわめくのを抑えられなかった。バックミラーに映る濃い口紅の塗られた唇をカミソリで削いでやりたかった。剝き出しにされた下腹部に入っていく石の冷たさを想像すると、怒りさえ込み上げた。

そんなに気に入ってるんなら、お前にもやってやろうか。

比嘉の言葉に、女のお喋りがやんだ。怯えきった女が、比嘉に小さな声で謝る。松田が手の甲でいきなり女の顔を殴りつけた。女はハンカチで顔を押さえ、泣き声を漏らさないようにして、目的地に着くまで体を縮めてうなだれていた。

二時間近く経って、マユは歩いてホテルの駐車場から出てきた。電話がないので苛つきながら待っていたカツヤは、車に向かって歩いてくるマユの前に移動し、早く乗れ、と怒鳴った。

助手席に乗り込んだマユは、ぼんやりした表情で前を見ている。カツヤは五十メートルほど車を進め、サイドミラーでホテルの前が確認できる位置に停車した。

「おい、男は?」

男の車に乗って一緒に出てこなかった理由を聞いたが、マユの目は今にも閉じそうで、シートにもたれて眠ってしまいそうだった。首に紫色の痣ができているのにカツヤは気づいた。両の手首にも紐で縛ったらしい跡が残っている。喉の痣をよく見ると、指の形をしているようだった。

「何をされた?」

顎をつかんでこちらを向かせても、マユは焦点の定まらない目を向けるだけで答えようとしない。手の甲で頬を叩き、男はホテルの中か? と聞くと、早く出た方がいいよ、とか細い声で答えた。どういうことか聞き返そうとしたとき、マユのジーンズのポケットにのぞいている黄色いプラスチックに気づいた。カツヤが手を伸ばすと、マユは少し抵抗するような素振りを見せた。カツヤはマユの顔を見た。白く乾いた唇がかすかに動いたが、何を言ったか分からなかった。カツヤはプラスチックを抜き取った。黄色いプラスチックの柄が指に粘つく。カチカチと音を立ててカッターナイフの刃を出すと、真新しい刃にこびりついているのは血糊のようだった。手を開くと、柄の部分にも血がこびりついている。

「これでやられたのか」

そう口にした瞬間、まったく別の考えが脳裏をよぎった。薄く開かれたマユの目は光を失い、生気が消えている。鳶色の瞳の奥に別の生き物が潜んでいて自分を見つめているようだった前日のことを、カツヤは思い出した。カッターナイフをギアの前の小物入れに置き、手をティッシュで拭いて車を発進させる。つけてくる車がないか注意しながら、五百メートルほど離れた埋め立て地の先まで行き、アルミサッシの組み立て工場の塀際に車を停めた。塀が陽光を遮り、道が真っ直ぐ伸びて前後の見晴らしもよかった。三十メートルほど離れた護岸の上に、小型犬を連れた初老の女がいた。特に問題はないと思い、カツヤはシートにもたれて目を閉じているマユの肩を揺すった。マユは気だるそうに体を起こすと、ゆっくりと目を開いた。

「部屋で何があった?」

マユは無表情のまま前を見て何も答えない。

「何とか言えよ、おい」

ダッシュボードを叩いて怒鳴りつけても、虚ろな眼差しを向けるだけだった。

「クスリをやりすぎて、脳みそが溶けて物も言えなくなったか」

肩をつかんで揺すったとき、マユの瞳の奥で何かが動く気配があった。だらりと垂れていた右手が動き、小物入れのカッターナイフに伸びる。カツヤはとっさに体を引いた。のけぞった上半身を追って伸びてきた右手の先で、銀色の刃が半円を描く。右の頬に焼かれるような痛みが走る。カツヤは伸びきったマユの右手をつかむと、手首をねじり上げ、ハンドルに叩きつけた。カッターナイフがカツヤの足元に落ちる。急に力の抜けたマユの首をつかんでドアに突き飛ばすと、側頭部を窓ガラスにぶつけ、頭を抱えてうずくまる。引き起こして殴ろうと拳を握ったが、どうにか思いとどまった。マユの動きに注意しながら頬を触る。てのひらについた血は大したことなかった。ティッシュで頬を押さえ、マユの髪をつかんで顔を上げさせる。顔を隠そうとする手を払いのけ、顎をつかんでシートに押さえつけた。

「お前どういうつもりか。殺されたいか、あ?」

焦点の定まらない瞳の奥に、まだ何かの影がちらついているようだった。マユの手が彷徨うように動いているのが、床に落ちたカッターナイフを取ろうとしているのだと分かって、カツヤはマユの鳩尾を突いた。体を折って喘ぐマユから目を逸らさず、カッターナイフを拾い車外に出た。

いつの間にか、犬を散歩させている初老の女が数メートルの近くまで来ていて、車の方を見ていた。カツヤと目が合うとあわてて引き返したが、それとなく視線を送っている様子から、見られた、と思った。工場のまわりにはアパートがいくつかあり、そこの住人だろうと思った。早めに移動した方がいいと思い、カツヤは護岸に上がってテトラポッドの向こうの海にカッターナイフを投げ捨て、車に戻った。頬から首筋に流れていた血をティッシュで拭き、うずくまっているマユの髪をつかんで起こす。鼻から血が流れているのを見て、顔を拭け、とティッシュの箱を渡した。マユがティッシュで顔を押さえるとカツヤは、寝ろ、と吐き捨てるように言って車を発進させた。

アパートに戻って駐車場に車を入れると、住人の目がないのを確かめて、マユを外に出した。うずくまろうとするのを蹴って立たせ、部屋まで歩かせる。一階に住んでいる主婦がいきなりドアを開け、階段を上ろうとしているカツヤたちを見た。まずいと思ったが、どうしようもない。にらみ返すと、あわてて中に入ってドアを閉める。覗き穴から見ているのは間違いなかった。警察に通報することはないだろうと思ったが、近所に噂が広まることを考えると鬱陶しくてならない。カツヤもマユも血は止まっていたが、衣服が血で汚れていた。

腕をつかんで階段を引きずるようにして上らせ、ドアを開けると部屋の中に突き飛ばした。キッチンの床に顔と胸を打ちつけ、マユは弱々しい声を漏らして体を折り曲げる。その動きを見て、それまで抑えていた怒りに歯止めがきかなくなった。部屋に上がり、胎児のように体を丸めようとするマユの太腿を爪先で蹴った。体がずり上がり、腿をかばおうとする手を足で払いのけ、続けざまに蹴りを入れる。四つん這いになって逃げようとする尻のくぼみを爪先で突き刺すように蹴ると、流し台の引き戸に頭から突っ込んだ。戸のはずれる音の大きさに、やりすぎないようにしなければ、とやっと我に返った。

うつぶせになって体をくねらせている様子を見ていても怒りが増すだけだと思い、カツヤは部屋に行ってタオルを取り、浴室に入った。上着を脱ぎ、鏡で右頬の傷を確かめる。耳から鼻の方へ水平に走っている傷は四センチくらいあった。血は止まっていて、かすり傷と言っていいくらいだったが、とっさに避けていなければ、頸動脈を切られていたかもしれないと思った。怒りがぶり返し、マユのところへ行き、もう一度蹴りつけようかと思ったが、どうにかこらえた。

引き戸から頭を出し、床にうつ伏せに倒れているマユを見ていて、ホテルの中で起こったことが目に浮かんだ。マユの白い手が弧を描き、カッターナイフの刃が皮膚に食い込む。首を押さえてうろたえ、マユを見る男。指の間からあふれる血の温かさに、男は何が起こったかを理解する。男が行動を起こすより先に、反対側から水平に走ってきた刃が、男の二つの眼球を切り裂く。首筋から全身に冷気が走る。ただの空想だと思い、自分の臆病さを笑おうとしたが、いつものように自嘲を導くことができなかった。カツヤは慎重に顔を洗い、タオルを絞って上半身を拭いた。傷口から再び血が滲み、タオルを当てて止まるのを待った。

キッチンに戻り冷蔵庫から缶ビールを取って飲んだ。錆のような味がして、半分も飲まずに流し台に中身をこぼし、缶をマユの背中に投げつけた。黒いビニールのゴミ袋で紐を作り、マユを後ろ手に縛った。足首も縛って、血を拭いたタオルで猿ぐつわをかませる。仕上げに脇腹を蹴ると、虫のように体をくねらせる様子を見て、やっと笑うことができた。髪をつかんで顔を上げさせ、目を開けろ、と揺さぶる。薄く開いた目の奥には何の気配もない。手を離すと額が床に落ちて音を立てる。

カツヤは着替えをして外に出た。近くの薬局で消毒液や脱脂綿を買ってきて、浴室で鏡を見ながら傷の手当てをした。最初はガーゼを切って顔に貼ったが、みっともないので剝ぎ取った。消毒しただけで外気にさらし、傷跡が残るならそれでもいいと思った。

車から取ってきたカメラからフィルムを取りだして破棄した。ホテルで何があったかは分からないが、もし事件になるようなことがあったなら、証拠となるものは残さない方がいいと考えた。マユを目にしたときの男の表情が目に浮かび、そのとき男に感じた嫌な雰囲気を思い出す。マユが暴力を振るわれただけならまだよかった。だが、男の身に何かがあったら、どうなるのか。マユを通して事実関係を把握できなければ、すべては憶測でしかなく、考えるだけ無駄だった。けれども、今のマユから何かを聞き出せるとは思えなかった。キッチンにうつぶせに横たわっているマユを見ると、自分がしたことを覚えているかさえ疑問だった。

どうしてこんな女に振り回されなければいけないのか。キッチンの床に顔を押しつけ、目を閉じて動かない姿は、背中がわずかに上下していなければ、死んでいるようにさえ見える。縛られた両手と両足の先は真っ白だった。二日続きのトラブルや、それが何を意味し、どう対処したらいいのか、考えようとしても気持ちが高ぶって、頭の中が整理できなかった。

カツヤはマユをキッチンの床に放置したまま再び外出した。車に乗り込み、五八号線沿いにある一番近くのパチンコ屋に入った。こんなことくらいしか気晴らしの手段は思いつかなかった。二時間ほどスロットマシンをやって、手持ちの二万円をすってしまい、余計にくさくさした気持ちになってカツヤは店を出た。

五八号線を北上して宜野湾市に行くまでずっと、遊技場内の放送やマシンから発せられる音響が耳から消えず、回転するドラムの絵柄や点滅するランプが目の前にちらついていた。タバコと埃の臭いが髪や衣服に染みつき、車内の空気を汚している。頬の傷がうずいて熱を持ち、再び血が流れ出しているような気がする。指先で触れると何もついてはいない。それでも、血が滲んでいるような感覚は去らなかった。糞の役にもたたん女が、と毒づきながら、金網の向こうの風景を眺めた。夕暮れの中、明かりのついた米軍住宅を目にして、比嘉を乗せて沖縄市に向かった前日のことがよみがえる。この二日間、新聞も読まなければテレビも見ていなくて、米兵に暴行された少女の事件がその後どうなっているのか分からなかった。ラジオのスイッチに手を伸ばしかけてやめた。少しの刺激にも過剰に反応してしまいそうな自分に警戒した。

普天間三叉路を右折してすぐのところにあるスナック喫茶の駐車場に車を停め、カツヤは店内に入った。ドアに取りつけられた鈴がガラガラと耳障りな音を立てる。客に食事を運んでいた金城がカツヤを見て笑いかけ、調理場に声をかけた。高校を中退し、アルバイトで働き始めて二年以上続いている。店員に厳しい母親の店で、そんなに続くのは珍しかった。髪を金髪に染め化粧も濃かったが、見かけと違っておとなしく、カツヤが話しかけると顔を赤らめるような純朴さがあった。

姿を見せた母親の久代が、カツヤの顔を見て、カウンターから身を乗り出すようにして話しかける。

「どうしたね、その傷は」

「何でもない」

「何でもないのに、そんな傷ができるね」

「何でもないと言ってるだろう。それより、何か食わしてくれんか」

頬に伸びてきた手を払うと、久代は心配そうに見ていたが、親を哀れさせるんじゃないよ、と言い残して厨房に戻った。

カウンター席に座り、カツヤは店内を見渡した。向かい合わせのソファが十五組置かれているフロアー席は、三分の二くらいが客で埋まっている。どの席にもポーカーや花札のゲーム機が置かれていて、客は全員ゲームをやっていた。ゲーム機にはそれぞれ番号が振られ、壁には各ゲーム機で出た役の一覧表が月毎に貼られている。警察の取り締まりを考えて、はずした方がいいんじゃないか、と以前カツヤが注意したことがあった。客の入りが違うと、久代はむしろ手作りの表を自慢してみせた。おおかた常連客の中に警察官の家族がいるか、警察署内部にいる昔馴染みに手を回しているのだろうと思った。久代の出身地である離島は、暴力団と警察勤めが多いことで知られていた。

店は夜はビールも出していたが、泡盛やカラオケは置いてなくて、ゲーム機を目当てに来る客で稼いでいた。二十四時間開けているので、昼間は軍用地料で喰っている連中や大学生、主婦たちが遊んでいくし、夕方からは仕事帰りのサラリーマンや作業着を着た労働者が、食事がてら遊んでいく。夜の十二時頃になると閉店したパチンコ屋から流れてくる客、三時を過ぎた頃からはスナック勤めを終えた女たちと、早朝の二、三時間をのぞいて客が切れることがなかった。食事をしに来て、ついでに一、二時間遊んでいく者もいれば、毎日、五、六時間以上もゲーム機に向かい、完全にはまっている者もいる。食事もうまいとタクシー運転手や近所の独身者もよく食べに来たが、ゲーム機だけでもけっこうな稼ぎになっているはずだった。

母親の久代は、中学を卒業して島を離れると、親戚の家に下宿して那覇市内の高校を出ていた。卒業後は仕事に恵まれず、パチンコ屋や飲食店などいくつも職場を変わったが、実家に仕送りするほどの稼ぎはなかった。仕方なく、当時ベトナム戦争の景気で沸いていたコザに移り、スナックで働くようになった。そこで父親の宗進と出会った。アメリカーたちがドルをばらまいている時代で、沖縄人の客はろくに相手にされないのに、宗進だけは別だった。店の女たちのほとんどが、宗進に取り入ろうとしていた。宗進がコザでも有数の資産家の長男だということをじきに知ったが、それで久代の心が動くことはなかった。ろくに仕事もしないで親の金で飲み歩いている遊び人《あしばー》か、と軽蔑しているくらいだった。

　それが変わって宗進に関心を持つようになったのは、まだ二十八歳だというのに不動産業で店を構え、精力的に働いていることを知ってからだった。宗進はけっして親のすねをかじって甘えているような男ではなかった。商売相手を店に連れてきて話をしているのをそれとなく観察すると、宗進が若いなりに一目置かれているのが分かった。宗進に誘われて付き合い出したのも、そういう一面を評価したからで、けっして打算からではない。そう久代は自分で思っていた。ただ、まわりはそうは見てくれず、嫌がらせがひどくなって店を辞めざるを得なくなった。宗進は、金には不自由させないから、と言ったが、久代は男に依存して自立心を失いたくなかった。それでも宗進の熱意に押し切られて一緒になったのは、久代が二十四歳で宗進が三十歳の時だった。

結婚して十五年程は、四人の子どもを育てるのと近所に住んでいる義理の両親の世話、それに親戚との付き合いに忙殺され、主婦業に専念せざるを得なかった。

それがある時から、嘉手納基地の第二ゲート近くにあるテナントビルにスナックを出し、その営業に熱中するようになった。口うるさかった義理の母が死んだこともきっかけの一つだったが、大きな理由は他にあった。カツヤがそれを知ったのは高校に入ってからだった。久代が店を出す一年前に、宗進の愛人に男の子ができた。結婚しても女遊びの減らない宗進に久代も愛想を尽かして、家に帰って来さえすればいい、と口にしていた。しかし、子どもまで作ったことには我慢がならなかった。言い争いも単なる痴話喧嘩ではすまなくなった。宗進は久代に手を出すことはしなかった。ただ、喧嘩のたびに家具が壊され、家の中は見る間に荒れていった。そのうち、宗進は女のマンションに入り浸るようになり、経営する不動産会社の事務所にもそこから通っていた。

小学校の頃から父と母のいさかいを目にしてきたカツヤは、中学に入る頃には二人の間の状況も察しがつくようになっていた。ただ、母がスナックの経営に熱中するようになったわけを知ったのは、高校生になって、下の兄に聞かされてからだった。それまでは自分に弟がいることを知らなかった。

愛人との生活を黙認することを条件に、久代はスナックの開店資金を宗進に出させていた。

離婚して軍用地料を含めた家の財産を愛人の女に渡す気は毛頭なかった。だからといって、宗進に食わせてもらっているという状況も我慢がならなかった。万が一の時に備えて自分の資産を作りたかったことと、何より、自分でも事業をやりたいという野心があって、宗進と取引したのだった。

そうやって久代が店を軌道に乗せるのに必死だった頃が、カツヤが中学に入る直前から卒業するまでの間だった。金持ちの手慰みに見られるのが、気の強い久代には我慢ならなかった。他の店以上に繁盛させて、元手はいずれ宗進に返すくらいのつもりだった。それだけに、一日中仕事にかかりっきりで、カツヤが中学校で体験していることにまったく目がいかなかった。カツヤもそういう母親や父親に見切りをつけていた。

カツヤが幼い頃、久代は自分の過去の苦労話を子どもらによく話した。繰り返し聞かされているうちに、カツヤはテレビで見た復帰前のコザの風景と重ねながら、若い母の姿を想像したりしていた。けれども、そういうことも中学に入る前にはなくなった。学校のことを訊ねられることもなく、同じ家にいても顔を合わせない日が続いた。カツヤが学校から帰る頃には久代は店に出ていて、帰宅するのは明け方だった。学校に行く時間には寝ているので、食事の世話は姉がやっていた。二人の兄はまだ家にいたが、家族でまともに話をするのは、三歳上で高校に通っている姉の仁美だけだった。その姉とも、二年生になって外泊が多くなるにつれ、話をすることが少なくなっていった。

カツヤは自分が忘れられていることに寂しさや恨みを感じながらも、離島から出てきてさんざん苦労したあげく、やっと念願の自分の店を持てたんだから、と母親の気持ちを理解しようとした。いつか店を持ちたいという話は、小学校の頃から何度も聞かされていた。

時々ベッドの中で、明け方帰ってきた久代がシャワーを浴びている音を聞きながら、カツヤは学校で体験していることを話そうかと迷った。強がってはいても、内心は気づいてほしかった。しかし、久代が寝ているカツヤの部屋に回ってくることはなかった。中学校に入って、カツヤも自分の手を離れていく年頃なのだ、と考えていたのかもしれなかった。ただ、カツヤにはそれが母親の無関心にしか見えなかった。偶然でもいいから背中や腹、太腿についた内出血の痕を目にし、学校に怒鳴り込んで、声をあげて教師に泣きついてほしかった。だが、そういう機会はついになかった。

そんなことはもうどうでもいい。高校を一年の三学期で中退するとき、カツヤはそういう気持ちになっていた。間もなくして家を出て那覇市内のアパートに一人で住むようになってからは、実家に寄ることも少なくなった。二人の兄は父親の経営するアパートの一つに管理人という名目で入居していて、姉も本土の短大に行っていた。母親も寝に帰るだけの家に寄っても、誰も迎える者もなく、家の隅々から湧き起こる記憶と時間を持てあますだけだった。

嘉手納基地のゲート近くのスナックが軌道に乗ると、久代は普天間三叉路近くに閉店した喫茶店を見つけ、そこを借りて二十四時間営業のゲーム喫茶を開業した。資金の半分は宗進に出させていたが、経営にはいっさい口を出させなかった。元より、宗進にもそのつもりはなかった。宗進もスナックの評判は耳にしていて、客商売をさせたら自分よりも上だ、とお世辞を言っていた。少しでも恩を売っておきたいという下心は見え見えだったが、久代もそれを利用していた。

昼は普天間の喫茶店を見て、夜は沖縄市のスナックを見る。夜間の喫茶店は、二つ下の弟でカツヤの叔父になる誠治にまかせ、午前四時過ぎにスナックを閉めると、普天間の店に戻ってレジを確認する。いったい、いつ寝ているのかと思うほどのバイタリティに誰もが呆れていた。そういう生活をしていると体を壊すと、カツヤや仁美が何度も注意したが、久代は笑って相手にしなかった。絶えず動き回り、忙しさに追われることで、自分の内面や家族の現状を正視することから逃げている。カツヤはそう思ったが、口にはしなかった。それを指摘したからといって、何も変わらないのは分かっていた。

店に来たのは一ヶ月ぶりだった。久代は手ずから野菜炒めを作ると、カツヤの前に置いた。

「カレーライスでよかったのによ」

「毎日何食べてるね？　外食でもいいから、野菜を食べなさいよ」

久代はそう言って、カツヤが食べるのを嬉しそうに見ている。皿の料理が半分くらいに減ると、久代は厨房に行ってアイスコーヒーを入れて持ってきた。有線放送から流れる音楽の間に、ゲーム機のボタンを叩く音が混じる。ソファの間を走り回っていた子どもが、立ち止まってカツヤを見る。アニメのキャラクター人形を手にした女の子は三歳くらいで、カツヤが笑みを作って見返すと、不思議そうに目を見開いた。その表情がかわいくて、カツヤは本当の笑みが顔に浮かぶのを感じた。少し離れたソファから母親が女の子を呼びつけ、ゲーム機の横に立たせて叱りつける。茶色の髪をポニーテールにした、まだ二十二、三歳にしか見えない女の剣幕に、女の子は今にも泣き出しそうだった。

腐れ女が。

心の中でつぶやき、カツヤは女から目をそらした。店にはいつも子ども連れの女や夫婦がいた。中には乳飲み子をソファに寝かせ、何時間もゲームにふけっている若い夫婦もいる。しばらく退屈そうに座っていても、幼い子どもが長時間我慢できるはずがなかった。親がゲームに熱中している間に店内を走り回り、呼びつけられて叱責されるのをよく目にした。そういう情景を目にするたびに、カツヤは怒りが湧いてならなかった。タバコの煙が立ちこめる中に、子どもを何時間も置くこと自体が考えられなかった。

女の子は叱られ慣れているのか、母親の膝に頭を載せて甘え始める。ゲーム機に熱中している女の顔に、花札の画面の光が映っている。女の子は体を起こすと、母親の向かいの席に移り、目の前にかざした人形に話しかける。カツヤはカウンターに向き直り食事を続けた。ふと、女の子が見つめていたのが、自分の笑顔ではなく頬の傷ではなかったのか、という考えが浮かんだ。和んだ気持ちが急速に冷えていき、頬の傷がうずくようだった。カツヤが無意識に傷を触ったのを見て、久代が話しかけた。

「その傷、どうしたね?」

「儲かってる?」

質問には答えずに、カツヤは聞いた。

「まああだけどね。それよりあんた、その傷は誰かと喧嘩したんじゃないね」

「やらんよ、そんなのは」

うるさく感じている素振りを示し、カツヤは答えた。

「だったらいいけどね……」

同じように、信じてはいないという素振りを見せ、傷がそれほど深くないこともあって、久代はしつこくは聞かなかった。その代わり、二人の兄に対する愚痴が始まった。カツヤと兄姉たちの間には、長男の宗忠とは七歳、次男の宗明とは五歳、姉の仁美との間には三歳の開きがあった。

兄二人は高校はどうにか卒業したが、どの仕事も長続きしないで、今は父親の経営しているアパートの管理人をしていた。管理人といっても、家賃の徴収や契約、メンテナンスなど実際の管理は、父が経営する不動産会社が行っているので、ゴミ集積所を片づけたり、住民の苦情を聞いて会社に連絡を取るといった程度の仕事だった。それで管理料という名目で父親から金をもらっていた。その金で遊技場に通いつめ、そちらが本職と言った方がよかった。行きつけの店に毎日開店前から並んで、閉店まで二人でスロットマシンのバーを叩いている。毎月の収支がどうなっているかは分からなかったが、負ければ負けたで父親に金をせびっているのだろうと思った。久代のところに行くと説教されるので、二人とも頼るのは宗進の方だった。宗進も二人には甘かった。親子ともに自分の弱さには触れようとせず、それをごまかすために甘えあっている。そういう関係にカツヤは嫌悪感を抱き続けてきた。

兄たちに比べて、カツヤと父のつながりは子どもの頃から薄かった。小学校に上がる頃には、父と母の関係は険悪になっていて、家族で遊びに行くことも少なかった。小学校の二、三年生頃からは、父は家にいない日の方が多く、中学に上がってからは、たまに顔を合わせるくらいだった。そういう時も、カツヤは父を無視するようになっていた。

高校を中退して家を出てから、父と会うのは年に数回だった。正月やお盆、清明祭のときには、さすがに家族全員が顔をそろえたが、それ以外には、親戚の結婚式や法事でもなければ、父と顔を合わせることはなかった。

会うと父はいつも数万円の金を渡そうとした。上の兄二人にはもっとやってる、取れ。そう言われても、カツヤは受け取らなかった。どんなに困っても、父に金をせびりに行くことはしなかった。カツヤが小学校五年生のときに生まれた卓という愛人との子を、父は末っ子として一番可愛がっていた。それを知ってから余計に、父が自分に対して冷淡であり、兄弟の中でも自分が一番父と疎遠であると、カツヤは思い続けていた。

二人の兄のことを久代から言われて、カツヤは自分の用件を言えなくなった。アイスコーヒーのグラスを手にし、近くの席のゲーム機の画面に目をやった。

「ああ、またワッショイ、ワッショイやってるね」

久代が皿を片づけながら言う。店の奥の壁越しに、演説をやっているらしいスピーカーの音が聞こえる。隣接する高校のグラウンドで、何かの集会をやっているらしかった。

「どんなに集会とかデモをやってもね、何かが変わるわけでもないのに、公務員は気楽でいいさ」

久代がリモコンを取ってカウンターの奥のテレビをつけ、チャンネルを夕方のニュースに合わせる。映ったのは隣の学校でやっている集会の様子らしかった。グラウンドに座り込んだ参加者が締めている赤い鉢巻きに、基地撤去という白抜きの文字が映える。アップで映し出された四十歳前後の男は、銀色の旗竿を握りしめて壇上の発言者を見ている。カメラはその視線を追い、演説している男の上に掲げられた横断幕の文字を映す。少女を暴行した三人の米兵を糾弾する集会だった。

「夜から女の子を一人で買い物に行かすものじゃないさ。アメリカーの若い連中は物分からないんだから、親が注意しないといけんさ……」

久代の言葉に、そういう問題じゃないだろ、とカツヤは思ったが、口にはしなかった。軍用地料をもらって基地の恩恵を受けている自分の疚しさを誤魔化しているだけじゃないか。そうも考えたが、そういう親の金をあてにしている自分が、偉そうなことを言えるはずがなかった。自分の現状を、無様だな、と思ったが、比嘉の顔を思い浮かべると、きれい事を言っている余裕はなかった。

「少し、金を貸してくれんかな」

テレビを見ている久代にカツヤは言った。母親に金を借りるのは久しぶりだった。久代はカツヤの顔を見つめると、何も言わずに厨房に向かった。そこから奥の部屋に回って、財布を取りに行ったのだろうと思った。戻ってきた久代は、カツヤの前にキャッシュカードを置いた。

「あんたの名義で作ってあるさ。宗忠や宗明だけに金を使わせることはないさ」

銀行名と黒い磁気ラインの入ったプラスチックのカードを見て、カツヤは手を伸ばしかねた。

厳しい目で自分を見る姉の顔が思い浮かんだ。

親の金に頼っていつまでもぶらぶらして。兄たちに無造作に金を渡す父の姿を目にするたびに、姉の仁美はいつも苛立っていた。こういう環境が兄や自分たちをダメにしていく。絶対に兄たちの真似をするな。高校生の頃から仁美は、カツヤに繰り返し言っていた。その言葉を思い出し、後ろめたさと自己嫌悪が心に広がっていく。

家族の中でカツヤが一番信頼していたのは、三歳上の仁美だった。仁美は顔も性格も母親に似ていて、気が強く、はっきりと物を言った。カツヤに対してもきつくあたることが多かったが、それは自分がカツヤの面倒を見なければ、という思いの現れだった。小学校に入学すると、カツヤは姉に手を引かれて登校した。休み時間にはカツヤの教室に回ってきて世話をするくらい、仁美はカツヤを可愛がっていた。

特に祝い事でもないのに、小遣いとして孫に一万円札を平気で渡す祖父母に、そういうことはよくない、と姉が言ったのは小学校五年生のときだった。二人は面食らっていたが、苦笑しただけで態度が改まることはなかった。頑なに小遣いを受け取ろうとしない姉は、二人の兄に邪険にされて涙を流していたが、カツヤは姉に同調した。ただ、それも中学に入って金が要るようになってからは、過去の話となった。

高校に上がるとき、九州の短大に進学し学費や生活費を自分でまかなっている姉の真似をしようとした。しかし、染みついた甘えは克服できなかった。高校を中退して一人でアパート住まいを始めてからは、居酒屋やガソリンスタンドでアルバイトをして生活費を稼いだ。ただ、その額は知れていて、車のローンの支払いが遅れたり遊興費がかさむと、久代の店を訪ねることがしばしばあった。一時的に借りるだけで、サラ金に手を出すよりはましだ、と自己合理化していたが、そういう自分を見ている姉の目を意識せずにおられなかった。

「いつも十万は入れとくさ。宗忠たちはもっと取ってるんだから、あれなんかはどうせスラグマシンにしか使わないんだから、あんたも遠慮しないで使ったらいいさ」

久代の言葉には投げやりな響きがあった。指先でカードの縁をなで、少しためらいはあったが、カツヤはカードを自分の財布に入れた。

「それに頼りすぎて、兄さんたちみたいになったら困るけどね。仕事はちゃんとしなさいよ」

カツヤが受け取ったのを見て、久代は急に心配になったようにつけ足した。

「よかったら、この店で調理の見習いしないね。あんたの手の空いてる時間でいいから、来てくれたらとても助かるんだけどね。少し慣れてから調理の専門学校に行ってもいいさ。手に何か技術があったら、助かるさ」

そういう気はなかったが、考えておく、とカツヤは答えた。金城が遠慮がちに久代に声をかけた。溜まった注文をこなすために久代が厨房に戻ったので、カツヤも店を出た。

ドアを開けると同時に、騒然とした雰囲気がカツヤを包んだ。米軍基地の金網の前に駐車した装甲車から、大型のサーチライトが光を放っている。目が眩んで思わず顔をそむけた。道路沿いに並んだ数台のパトカーの赤色灯が、機動隊員のヘルメットや銀色の盾に反射している。装甲車のマイクから、間もなくデモ隊が通過することが放送される。一時間ちょっとの間に、店の前の様子は一変していた。

カツヤは車に乗り込むのをやめ、三叉路にかかった歩道橋に向かった。階段を上って歩道橋の上から道路を見渡すと、車のライトの列が蜒々と続いている。振り向いて反対側を見ると、基地内の住宅の灯が点在している。夕暮れの穏やかな景色を揺り動かし、警察と集会のスピーカーから発せられる声が反響する。

帽子をかぶってイヤホーンをつけた男が五人歩道橋の上にいて、メモを取ったり写真を撮ったりしていた。その中の一人が不審そうにカツヤを見て、隣の男に何かささやく。二人がにらみつけるのを無視して、カツヤは渋滞した道路に目をやった。

五十メートルほど離れたところにある高校の校門付近が、ひときわ騒がしくなった。その前に止まっていた警察の車両がゆっくりと動き出し、屋根にマイクを載せた宣伝カーが校門を出てくる。その後ろから横断幕を先頭にデモ隊が続く。薄暗い校内から道路に出るとき、サーチライトの光に照らされ、プラカードを手にして赤い鉢巻きを締めた参加者は、一様に顔をしかめた。宣伝カーのスピーカーから放たれる声に合わせて、デモの参加者がプラカードを突き上げ、同じ言葉を呼号する。林立する赤旗がサーチライトを受けて鮮やかに映える。シュプレヒコールは、北部で起こった小学生への米兵の暴行事件を繰り返し糾弾する。スピーカーから放たれる声とデモ隊の唱和が、狭い道路をはさんだ建物に跳ね返り、三叉路から基地の方へ広がっていく。これまで何度もデモを見てきたが、歩道橋の下から起こるシュプレヒコールは、いつもとは違う迫力があるように感じた。

参加者の持つプラカードや赤旗に記された団体名を見て、小中学校や高校の教師たちのデモだと分かった。歩道橋の下を通っていくデモの列を見ながら、マユが部屋に連れ込んだ男の顔が思い浮かんだ。もしかしたらいるかもしれないと思って、校門から次々と出てくる参加者の顔を注視したが、じきに馬鹿らしくなってやめた。

歩道橋の上の男たちが、デモ隊の写真を撮り、無線でやりとりしている。男の一人がカツヤをしきりに見る。その目の光や表情、全身から漂う雰囲気から警察だと分かった。犬どもが、と唾を吐き捨て、カツヤは道路に視線を移した。高校に入ってバイクで暴走を繰り返していた頃、何度か捕まって警官に殴られたことがあった。アスファルトの路上に倒され、革靴で尻を蹴られたときの屈辱感がよみがえる。鉄パイプがあれば殴って歩道橋から突き落としてやりたかった。

しばらくデモを眺め、車に戻ろうと階段の方まで来たとき、石平《いしんだ》の丘の上にある海兵隊司令部の建物が目にとまった。デモ隊はそこに向かって整然と進んでいく。盾を手にした機動隊が、基地側の歩道に等間隔で立ち、車道側でもデモ隊を規制している。先頭の宣伝カーからシュプレヒコールが発せられるたびに、デモの波が揺れ動く。これだけの人数がいながら声を上げて歩いていくだけなのか、とカツヤは思った。

デモ隊が基地の金網にワイヤーロープをかけて引きずり倒し、火炎瓶を投げ込んだという日本復帰前の話を父から聞いたことがあった。思想やイデオロギーなど金にならんと馬鹿にし、Aサイン業者の若い奴を集めて全軍労のピケ隊を襲ったかと思えば、デモ隊の中に紛れ込んで機動隊に投石したり、当時の父は節操のかけらもなく暴れ回っていたらしい。そういう父からコザ暴動の話を子どもの頃に何度も聞かされた。

その日、コザの中の町の酒場で飲んでいた父は、米軍車両が焼かれているという連絡を受けて店を飛び出し、暴動に参加した。日頃は米軍基地の恩恵を受けているくせに、群衆に交じって米兵の車両をひっくり返し、火をつけて回ったと自慢していた。黒煙を上げて燃え盛る黄ナンバーの車を群衆が囲んで拍手し、指笛を鳴らす。火の熱に煽られるようにカチャーシーを踊る者もいた。嘉手納基地のゲートに向かう群衆の迫力を話しながら父は自分の話に酔って、もう一度起こらんかな、と最後はいつもそうつぶやいた。

その話を聞くとカツヤは、米軍の車に火をつける若い父の姿や、煙の立ちこめる中でカチャーシーを踊る大人たちの姿を想像して興奮を覚えた。沖縄人がたった一度だけ、自分の手で起こした暴動だ。そう自慢げに言う父の言葉を聞いて、そういう出来事に巡りあえるのが滅多にないことだというのは、子ども心にも分かった。

あの時、米兵からカービン銃を奪って一人くらい殺していたら、沖縄の歴史も変わっていたかもしれんのにな。

二年前の清明祭で、集まった親戚たちと墓の庭で酒を飲みながら、父がそう口にしたことがあった。軍用地料をもらって生きてるくせに、よくそんなことが恥もなく言えるな。かたわらで聞いていてカツヤは思った。その一方で、その通りなのだ、と共感する気持ちも起こった。カービン銃を手にして嘉手納基地のゲートに向かって走っていく男たちの姿をカツヤは思い浮かべた。だが、それはしょせん空想に過ぎなかった。沖縄人にできたのは車に放火するくらいであり、それさえも二度と起きそうにはなかった。

歩道橋から眺めると、少なく見ても千名以上はいそうなデモ隊に対して、警察は機動隊と制服警官を合わせても百名程度だった。それなのに、デモ隊はあくまでおとなしく道路の端を進んでいくだけだった。よく見ると、足早に歩道橋の下を過ぎていくデモ隊の中には、談笑している者もいる。怒りを表しはしても、けっして越えようとはしない一線が、基地の金網のように人々の心に張りめぐらされている。そういう気がした。基地を撤去せよ、犯人の米兵を引き渡せ、と叫ぶシュプレヒコールを聞いていると、白々しさとやりきれなさが募ってくる。

ふいに夜の砂浜に仰向けにされ、三名の米兵に手足を押さえられている少女の姿が目に浮かんだ。顔のほとんどを覆う黒い大きな手で口をふさがれた少女の目が、公園でカツヤを見ていた小学生の姉の目に変わる。全身に汗が噴き出す。見開かれた目から流れ落ちるものが、カツヤの胸をえぐる。見つめる目はいつの間にかマユの目に変わっている。体の奥にねじ込まれる石の感触に、カツヤは深く息を吐き、これ以上考えるな、と自分に言い聞かせた。

デモ隊の先頭は、丘の上に立っている海兵隊司令部の建物の近くまで進んでいる。昼間翻っている星条旗と日の丸は、今は降ろされていた。地面からライトアップされた白い建物が、火を放たれて燃え上がる様子をカツヤは想像した。

本当に、どうして燃やさないのだ。カツヤは胸の中でつぶやいた。以前、火炎瓶を投げながら機動隊に向かっていくヘルメット姿の学生たちを映した記録映像をテレビで見た。逃げ遅れて道路に倒れ込んだ機動隊員を学生が角材で滅多打ちにしたり、火炎瓶の直撃を受けて火だるまになった機動隊員の映像を目にして、部屋にいた仲間たちが手を打って喜んだ。改造バイクに乗っている時は木刀や金属バットを振り回して粋がっているのに、いざ捕まると何もできない自分たちを恥じるように、俺たちもあれだけの数がいればな、と一人がつぶやいた。しばらく白けた雰囲気が流れたあと、別のひとりがチャンネルを変えた。激しく踊りながら歌っている沖縄出身のアイドル歌手の映像に、夜の街頭を走って火炎瓶を投げる学生の残像が重なる。燃え上がる炎が横転した米兵の車両を包み、若い父が指笛を鳴らし、嘉手納基地のゲートに向かって走る姿が想い浮かぶ。その時代に二十歳を迎えたかった、とカツヤは思った。

歩道橋の下を通っていく教師たちの中にも、あの時代に学生だった奴はいくらでもいるはずだった。それが今は無害なネズミの群れのように進んでいくだけだった。おそらく、このデモや集会の様子をテレビか新聞で知った父は、米軍や日本政府に対する圧力になって軍用地料が上がる、と喜ぶだろう。たまにはアメリカー達《たー》が事件を起こさんと、革新団体が騒がなくなって、軍用地料も上がらんからよ。事件とか事故も無《ね》いらんねー困《くま》るんばーよ。親戚が集まったとき、酒をあおりながら宗進がそう言うのを聞いたのは、一度や二度ではなかった。やりきれない気持ちのままカツヤは歩道橋を降りた。

デモ隊に割り込む形で車道に車を出すと、交通規制の警官が笛を鳴らしてカツヤを指さした。それを無視して、カツヤは普天間三叉路を左折し、五八号線に向かって車を走らせた。右手に広がる基地に目をやり、米軍住宅の灯を見る。あの明かりの下では米兵の家族が、デモが行われていることも知らずに、食事をしたり、テレビを見ているのだろうと思った。金網を一枚隔てて、そこには別の世界があった。

前日、住宅の前でバーベキューをしていた家族のことが思い浮かぶ。弟と一緒に遊んでいたあの少女が沖縄の男に暴行されたら、あいつらはどれだけ騒ぐだろうか、と思った。米兵に沖縄の少女がやられたんなら、同じようにやり返したらいい。そう考えて実行する奴が五十年の間一人もいなかったのか。襲う奴と襲われる奴が決まってる、そういう島なのだ……。別の声が心に走る。自分は何もできないくせに、何言ってるか。親の金にすがり、比嘉の言うがままに動き、いかれた女の世話をするしか能のない臆病者のお前が……。

夏の真昼の公園で狂ったように鳴いていたクマゼミの声が頭の中に響き出す。捕虫網を手に先に走っていった姉を見失い、泣きたくなるのをこらえてカツヤは探し回っていた。公園の中には古い墓がいくつもあって、その前を走って通り過ぎると、砂利の敷かれた小道にしゃがんでいる男の背中が見えた。短く刈り上げた金色の髪に陽光が反射する。濃緑のTシャツの肩のあたりで黒い髪が揺れる。男のそばに落ちた捕虫網の中で蝉が羽を震わせている。顔を上げてカツヤを見つめる姉の目は助けを求めていた。だが、カツヤは先に進むことも、声を上げることもできなかった。振り向いた男は若い白人で、喚きながら立ち上がると、右手を激しく振った。走ってきて男が殴りかかる。そう思った瞬間、カツヤは脚の力が抜けて膝をつき、頬がひくついて涙が溢れた。男は慌ててズボンのベルトを締めると、木々の茂る公園の奥に走っていった。姉は膝まで下ろされていた下着をあげ、うずくまって声を殺して泣いた。カツヤが立ち上がって走り寄ろうとすると、来ないで、と叫んで姉はにらみつけ、それから急にカツヤの方に歩いてくると、背中に手を回して抱きしめた。

信号の赤色が滲んで広がる。カツヤは親指と人差し指で目を拭った。腐れ《くさり》アメリカー達《たー》が。誰にも言うな、と言った姉の言葉に従って封じ込めていた記憶が、今でも生々しい痛みを与えることに戸惑う。夜の砂浜に仰向けにされた少女の上に覆いかぶさり、三人の米兵が声をあげ、荒い息を吐き、交互に体を動かす。口を押さえられて涙を流し続ける少女の目が、公園でカツヤを見つめた姉の目に変わる。

何も考えるな。

止めどなく溢れ、勝手に走り出しそうになる記憶と想像をカツヤは堰き止めた。考えて何になる。これ以上自分を追い詰めるな。そう自らに言い聞かせ、運転に集中した。

アパートに戻ったのは九時過ぎだった。ドアを開けるとすぐに異臭が鼻をついた。浴室の戸の前に失禁したマユがうつぶせに横たわっている。窓を開けて換気し、トイレからロールペーパーを取ってきて、床に溜まった尿を拭き取る。水分をろくに摂っていないので量は少なかったが、臭いはきつかった。濡れたペーパーをトイレで流し、タオルを濡らして床を拭いた。弱り切って身動きもしないのを見て殴るのはやめにした。手足を縛ったビニールの紐をほどき、引きずって浴室に入れると、横たわっているマユの顔に湯をかけた。

「体を洗え」

肩口を軽く蹴ると、マユは顔を上げ、両手をついてのろのろと四つん這いになる。上半身を支えて助け起こすと、膝がMの字に崩れ、床に尻をつけて座り込んだ。

「自分で脱げよ」

煩わしくなって手を放し、浴室の戸を開けたままにして、カツヤは流し台で手を洗った。十分ほどベッドに横になり、浴室をのぞくと、裸になったマユは頭からシャワーを浴びて空《うつ》けのように立っている。肋骨が浮き出し、尻の肉がそげ、骨盤と恥骨がせり出した体を見て、あとどれくらい持つかな、と思った。これ以上面倒くさいことには巻き込まれたくなかった。

使えなくなったら、比嘉がちゃんと引き取ってくれればいいが、と思いながら、カツヤはバスタオルを持ってきて、早く上がるように言った。蛇口に目をやったままぼんやり立っているマユに苛立ち、カツヤは浴室に入るとシャワーを止めた。濡れた体をバスタオルで包んで手荒く拭く。せり出した肩胛骨の上で翼を広げている虹の鳥が、一瞬羽を動かしたような気がして、カツヤは手を止めた。温まって血色の戻った肌に七色の羽根の色が鮮やかに浮き上がっている。

マユの衰弱とは逆に、背中の鳥はかえって生命力が甦っているようで、そっと羽根に触れると、指先まで赤や青の色に染まりそうだった。

うなだれていた顔を上げてマユがカツヤを見る。薄い膜のかかったような目の奥に、またあの気配を感じた。この女はすでに死んでいて別の生き物が寄生している。そういう気がした。以前に見たビデオの一場面が思い浮かぶ。突然、背中が縦に裂け、粘液にまみれた巨大な昆虫のような生物が姿を現す。カツヤはマユの左の乳房に右のてのひらをあてた。体の温もりが伝わってくる。固くなった乳首の感触と薄い膨らみの下の鼓動に、もうしばらくは大丈夫か、と思った。

歯の根が合わずに震えているマユを支えて部屋に連れて行った。下着とTシャツを着けさせてベッドに寝かせる。タオルケットをかけて部屋の戸を閉めると、浴室に戻って脱ぎ捨てられたジーンズのポケットを調べた。しわくちゃになった一万円札が三枚入っていた。ホテルに入った時、男から前金で金を取るように指示してあった。今までそこに頭が回らなかった自分が情けなかった。一万円余計に渡した男がマユに何をやろうとしたのか想像しようとして、カツヤは途中でやめた。部屋に戻ってドライヤーで乾かすと、どうにか使えそうだったので、財布に入れて外に出た。

アパートの近くのバーでウイスキーを飲みながら、比嘉への対応やこれから先マユをどうしていくかを考えた。顔を切られた怒りにまかせて、マユを余計に弱らせたのは失敗だった。客が取れなくなって困るのはカツヤ自身だった。窓際のテーブルに一人座り、酔いが苛立ちや不安を拭い去ってくれるのを待つ。頬の傷は大した痛みはないが気になった。マユに対する怒りとともに、ホテルで何があったのか、という疑問が再び頭をもたげる。まさか、マユが自分の状況を男に話し、男が同情してカッターナイフを渡したのではないだろう。そうであればことは簡単だった。だが、新聞やテレビで、ホテルで血まみれになった男が発見されたというニュースが報じられていたら……。

カツヤの他にも、比嘉は何名かの手下に同じように女をあずけていた。この三ヶ月足らずで金をゆすり取った男は、五十名を越しているはずだった。警察にたれ込まれないように注意をしているとはいっても、いずれはどこかから火がつくとカツヤは思っていた。その発火点が自分にならないように、できる限りの注意を払わねばならない。仮に自分のミスで警察に発覚することがあれば、あとでどういう目に遭うか分からなかったし、捜査の手が比嘉に行き着かないように全てを自分で引っ被らなければならなかった。

もしマユがカッターナイフを使ってカツヤから逃げきれたとしても、比嘉から逃げることはできはしない。それはマユも分かっているはずだった。自分の思い通りにならないとき、比嘉が相手にどういう振る舞いをするか、中学の時からうんざりするくらい目にしてきた。マユにしても、自分にしても、落ち込んだ穴の中でもがき続けるしかなかった。

中学に入学して二ヶ月が過ぎた頃から、毎週納める上納金の額がカツヤだけ増えていった。他の同級生が週に二千円なのに、カツヤだけは六月に週五千円になり、夏休み前には七千円になった。カツヤの家が高額の軍用地料を得ていることを知って、値を上げてきたのは明らかだった。

その頃、母からは毎月の小遣いとして二万円を渡されていた。それ以外にも、参考書や本を買うと言えば、必要なだけ渡してくれた。たまに父と顔を合わせると、無視しようとするカツヤを呼び止めて、一万円札を渡す。祖父の家に遊びに行けば、帰りに小遣いを渡してくれる。父も母も祖父も、子どもや孫に甘いというより、金を与えることで自分の愛情の深さを確認し、競い合っているように見えた。お年玉や入学祝い金などを貯めた預金も、かなりの額になっていた。通帳は母が預かっていたが、いざとなればそれを使うつもりだった。ただ、まだ余裕があった。月に三万円程度を上納するのは、カツヤからすれば難しいことではなかった。二学期になると週に一万円に上がったが、その頃には、比嘉のグループにいい評価を得られるようになっていた。

その一方で、クラスの同級生たちは、比嘉への怒りをカツヤに向けるようになっていた。上納金を払いきれない生徒は、外から見えないように腹や背中を殴られた。それだけではなく、生え始めた陰毛を焼かれたり、太腿にタバコの火を押しつけられたりし、ひどいのは性器にクレゾールの原液をかけられた者もいた。

比嘉のグループに頻繁に呼び出されているうちに、カツヤは使いっぱしりとしてクラスへの連絡や、呼び出しを命じられるようになった。同級生たちから浮き上がり、嫌悪と怒りが自分に向けられていることはカツヤも気づいていた。誰も話しかけてこなくなり、授業やクラス活動で班を組むときも、最低限の接触しかしなくなった。

同級生たちのそういう反応を、カツヤは当たり前のことだと思った。比嘉にも気に入られ、同級生にも気に入られるようなうまい方法があるはずはなかった。同級生から孤立するぶん、自分も関心を持たなければいいだけのことだと考えた。かなり無理をしていることは自覚していた。休み時間になると教室で一人だけでいるのが嫌で、校庭をぶらついて時間を潰したり、校外に出ていってそのまま戻らないことも多くなった。

そのうち、比嘉のグループから放課後、毎日呼び出されるようになったが、教室にいるよりもグループの中にいる方が心地よくなった。同級生たちが目の前で殴られるのを見ても、苦痛ではなくなった。教室で無視される腹立ちが晴れるような気さえし、自分は彼らにとってすでに向こう側の人間なのだ、と思った。

上級生に指示されて同級生の一人を殴ったとき、それは決定的となった。心の痛みは感じなかった。腹を押さえて喘ぐ同級生の頭を押さえると、顔に膝蹴りを加える。それはカツヤが自分からやったことだった。上級生が笑い、見えるところはやるなよ、と注意した。その日、初めてシンナーも吸ったが、体に合わなくて吐いてしまい、二、三日は頭痛が消えなかった。以来、シンナーだけは手を出さないようにした。

店の中では大学生らしいグループが騒いでいる。時々、居酒屋から流れてきて二次会をやっている連中がいて、大声を上げるのをカウンター席の常連客がうんざりした様子で眺めている。窓際の二人がけのテーブルに座って、カツヤも苛立ちを抑えていた。カツヤくらいの年齢で一人で座っている客は他にいない。そのことで少し気が引けたが、近くに落ち着いて飲める場所はここしかなかった。

けたたましい笑い声をあげた学生グループの女が、カツヤの視線に気づいて隣の男に耳打ちする。鼻や唇にピアスをつけた男は、カツヤを見て鼻で笑い、女にもたれて髪をなでる。女がカツヤを見ながらわざとらしく欠伸をした。背中に汗が滲む。女の口にナイフを突っ込み、頬を裂いてやりたかった。胸のざわめきを抑え、窓の外に目をそらす。遮光のビニールが貼られたガラスの向こうで、小柄な若い米兵が沖縄の女と口論している。見るからに気の強そうな三十代半ばくらいの女が、米兵をののしっている。困惑した表情で女の腰を抱こうとする米兵の手を払いのけ、女は大げさな身振りで喚き立てる。米兵は呆れたように両手を広げて謝った。

小柄で方言をすぐ覚える米兵は、心理作戦や情報作戦に従事している奴が多い。誰かから以前聞いた話を思い出した。地元の男には敬遠されそうな中年女にあしらわれている米兵を見て、侮蔑の笑いが漏れる。ベトナム帰りや出撃前の米兵たちが、カウンターの下に置いたバケツに踏みつけて入れるほどドル札を落としたという話は昔のことだった。円高でドルの価値は数分の一に落ち、ビール一本で何時間も粘るのを嫌がられる米兵も多かった。中部のディスコには女目当ての米兵とアメリカー好きの女が集まっていたが、時々は二回りも年上の女に逆に引っかかっている米兵もいた。

通りの向こうに歩いていく女を、小柄な米兵は熱心に話しかけながら追っていく。その後ろ姿を見ながら、中学の頃に社会科の教師から聞いた話を思い出した。

沖縄戦や基地問題についてよく話をしていたその教師が、ある日、北部訓練場のことを話した。ベトナム戦争当時、南ベトナム解放戦線のゲリラ作戦に対抗するために、地形や植生の似ているヤンバルの山中で、米軍の特殊部隊が行ったという訓練について、教師はわけ知り顔に話した。

兵士たちは一人ずつ山中に散ると、アーミーナイフ以外の装備を持たずに一ヶ月以上森の中で暮らす。自然の中に身を隠す術を学び、相手の頸動脈を一瞬のうちに掻き切ったり、指で喉笛を潰す技術を身につける。ハブや小鳥を捕まえて生で喰い、カエルを生きたまま呑み込み、食用や薬用になる植物を見分ける。飢えに耐え、五感を研ぎ澄ませて敵の気配をつかみ、木の陰や草の茂み、泥の中に潜んで森と一体化する。枯葉の上でも音を立てずに忍び寄り、後ろから羽交い締めにして、さっと頸動脈を切る。教師は人差し指を首にあてて横に引いて見せた。何名かの女生徒が声を上げげた。

そうやって軍隊への恐怖心を植えつけることで、社会の教師は生徒に基地や戦争、軍隊への否定感を作ろうとしたのだろう。大方の生徒についていえば、それは成功していた。ただ、カツヤには、教師の言葉によって喚起された特殊部隊の米兵のイメージが、沖縄でもっとも充実した生を生きている者として、鮮烈な印象を残した。

街をジーンズ姿で歩いている普通の兵隊たちとは違う本物の兵士が、ヤンバルの森の中に潜んでいる。湿度の高い森を、敵とハブを警戒しながら汗まみれで進んでいく若い兵士。からみつく蔓や濡れた羊歯《しだ》をかき分け、全身から透明な触覚を伸ばして歩き続ける兵士の顔には、灰色や緑や黒の彩色が施されている。いち早く敵の気配を察知し、羊歯の陰に身を沈め、近寄ってくる敵の背後に回って口を押さえると同時に、アーミーナイフで頸動脈を掻き切る。柔らかく刃がめり込み、軽い抵抗感で頸動脈が切断される。あるいは、組み伏せた敵の上に馬乗りになり、眼窩に親指を突っ込んで頭蓋にねじ込む。腕の中で痙攣する体と手首に伝わる血のぬめり。草と泥の匂いの中に、死んでいく男の血と排泄物の臭いが混じる。死体を隠し、さらに森の奥に進んでいく兵士の姿を想像したカツヤは、教室の中で固くなった性器をもてあました。

中学の時に聞いたその話は、しかし、もう過去の話だった。ベトナム戦争が終結したのは二十年も昔で、今もヤンバルの山中でそういう訓練が行われているかは分からなかった。ガラスの向こうで沖縄の女に頭を下げていた小柄な米兵の姿は、かつてカツヤが想像した特殊部隊員のイメージとはかけ離れていた。もし今もヤンバルの森で、全身に泥を塗り、アーミーナイフ一本で生き延びる訓練をしている米兵がいるなら、その姿を一目でいいから見たかった。森の中で彼らに襲われ、頸動脈を切られて殺されるなら、それでもよかった。今の自分には、それ以上の死はないような気さえした。

店を出たカツヤは、歩くのも億劫なほど疲れていた。Tシャツ一枚では、夜は肌寒くなりつつあった。自動販売機で缶コーヒーを買って飲みながら、どうにかアパートまで体を運んだ。マユの部屋をのぞくと、タオルケットを頭までかぶり、全身を震わせている。ベッドに座って額に触ると汗でべたつき、タオルケットの下から体熱と汗の臭いがあふれてくる。酔いと疲労感に抗い、カツヤは衣装ケースから乾いたタオルを出してマユの全身を拭き、下着とTシャツを着替えさせた。

冷蔵庫から牛乳を出して温め、抱き起こしてカップの半分くらいはどうにか飲ませた。熱を計ろうにも体温計がなかった。病院に連れて行くことは比嘉から禁じられている。怪我や病気など緊急事態が生じたときには、比嘉に連絡し、指示を仰ぐことになっていた。衰弱した体でどこまで耐えられるか気になったが、比嘉に電話をかける気はなかった。しばらくベッドのそばに座って、タオルで額を冷やしていると、乾いて白くなった唇の間から嫌な臭いの息が漏れ、顔が歪む。

カツヤは部屋を出て駐車場に降りた。車で五分ほど行った飲屋街の一画に、深夜まで開いている薬局があるのを憶えていた。裏道を通って慎重に車を走らせ、薬局で体温計や風邪薬、栄養剤を買った。帰る途中、コンビニに寄って食料を買い込んだ。部屋に戻って薬を飲ませたときには、午前三時を回っていた。体温計で測ると、熱は三十九度二分あった。苦しげな寝息を聞きながら、カツヤは床に座って買ってきた菓子パンを食べた。半分ほど食べたところで、突然激しい吐き気に襲われた。急いで浴室に行き、便器に手をついて胃の中の物をすべて吐き出した。アルコールや胃液の臭いが残る口をゆすぎ、自分の部屋のベッドに仰向けに倒れた。もう少しも動きたくなかった。体の下に深い闇が開き、そこに吸い込まれるようにカツヤは眠りに落ちた。

まる二日間、マユは起きることができなかった。排泄の時はカツヤが肩を貸してトイレまで連れて行った。カツヤもコンビニとビデオショップに行く以外は部屋にこもっていた。マユがこういう状態では商売にならなかったし、カツヤも風邪をうつされたのか全身がだるくて、動くのが億劫だった。ベッドに横になり、ビデオを見て時間を潰した。時々マユの様子を見に行くと、額に汗を浮かべて短い呼吸を繰り返し、眠り続けている。食事やトイレ、着替えをさせるときも、目を開けることはほとんどなかった。ヨーグルトや栄養食品のゼリーを摂らせても、二口か三口で終わってしまう。叱りつけても言うことを聞かない。ただ、生きようという本能が求めたのか、粉末の風邪薬を混ぜたカップの牛乳だけは、日に三度、十分近くかけて飲み干した。

三日目に、マユの熱は三十七度台になった。少しは落ち着いたのを見て、カツヤは十時過ぎからスロットマシンをやりに行った。開店して半時間も経たないのに、スロットマシンのコーナーは半分以上の台が客で埋まっていた。出が悪いと早めに移動して、五番目に座った台で大当たりした。流れ作業のようにコインを入れ、バーを叩いてボタンを押す。何も考えずにその作業に没頭した。ダブルやトリプルで7が並ぶのを、まわりの客たちが呆れたように見る。滅多に味わえない興奮と満足感に浸ろうと、カツヤはゆっくりと目押しし、役がそろう瞬間の切ないような快感を引き延ばした。

午後四時過ぎ、まだ出そうな台から立ち上がって、係員を呼んでコインが詰まったドル箱を運ばせた。そばの台にいた七十歳に近そうな老女が、空いた台のコイン受けに素早くタバコの箱を置く。カツヤはカウンターで景品とレシートを受け取って、駐車場の隅にある交換所に行った。換金すると六万円以上儲けていた。

急いで部屋に戻ってシャワーを浴び、マユの様子を見た。もう少しすれば起きられそうに思えた。しかし、客が取れるのがいつになるかは判断できなかった。タオルで顔や首の汗を拭き、静かに引き戸を閉めて部屋を出た。車に乗り込み、エンジンをかけたとき、この三日間考えるのを避けてきたことが目の前に迫った。

一枚も写真を持たずに比嘉と会うのは初めてだった。比嘉の指示に逆らったことなどなく、いつも求められる以上のことをやろうと努力してきた。この二、三年は、自分が比嘉の役に立っているという実感を持つことも多かった。比嘉から直接誉められることはなかったので自己満足かもしれなかったが、それで十分だった。五八号線に出て、国際通りに向かう車の中で、カツヤは言い訳の言葉を探し続けた。マユが風邪で使い物にならなかった、という理由で比嘉が納得してくれるか不安を抑えきれない。ただ、それ以外に余計なことを言えば言うだけ、いい結果にはならないのは経験で分かった。

三越裏の駐車場に車を入れ、国際通り沿いの銀行に行って、母親から渡されたキャッシュカードで十万円を下ろした。紙幣を入れた銀行の封筒を二つ折りにし、カツヤはビリヤード場に向かった。漢方薬局の横の階段を上り、ドアを開けて店内を見渡す。どの台にも比嘉の姿はなかった。カウンターの老女が、喫茶店だはずよ、と教えてくれ、カツヤはあわてて店を出た。人混みを突っ切って向かいの喫茶店の階段を上がる。奥のテーブルに、比嘉だけでなく松田も座っているのが見えた。シンナーで腐って根元しか残っていない前歯を剝き出しにして松田が笑い、カツヤを手招きする。テーブルのそばに立つと、メモ帳に目をやっている比嘉に挨拶し、カツヤは松田の隣に腰を下ろした。ウェイトレスにホットコーヒーを頼み、次の言葉を出せないまま座っていると、松田が笑いながら自分の頰に人差し指をあてて、すっと引いてみせた。

「誰にやられた」

「ええ、ちょっと」

目を伏せて受け流すと、顔を上げた比嘉がカツヤを見た。

「すみません。日曜から女が風邪で倒れて、部屋から出られなかったものですから」

カツヤは深く頭を下げ、十万円の入った封筒をテーブルに置いた。比嘉は椅子にもたれて、カツヤを見つめたまま何も言わない。

「比嘉よ、もともとぶっ壊れた女をカツヤに押しつけたんだから、余り無理言うなよ。今まで使えたのが不思議なくらいだろうが。客が取れなくなったんなら、ビデオで使ってもいいわけだし……」

松田の意外な言葉が有り難かった。比嘉は無言のままカツヤを見ている。カツヤはテーブルに置かれたコーヒーから立つ湯気を見ていた。膝に置いたてのひらに汗が滲む。

「女は？」

比嘉の問いにカツヤは体が強張った。

「アパートにいます」

比嘉は封筒を取って中味を確かめ、セカンドバッグにしまうと席を立った。カツヤが三人分の料金を払って店を出ると、階段の下で待っていた松田が、車は？　と聞く。駐車場に停めてあることを告げ、カツヤは二人の先に立って平和通りの人混みを進んだ。三越前の横断歩道を渡るとき、松田がそばに寄ってきて、まだ空手はやってるのか、と言いながらカツヤの肩を軽く小突いた。どこかで殴られるのかと思い、カツヤは足がすくみそうになった。松田はカツヤの肩を抱いて話し出した。

松田の知人が店長を任されているテレフォンクラブに、中学生だという二人連れの少女が、三日前から電話をかけてくるようになった。その電話を取って待ち合わせの場所に行った客が、若い男のグループに襲われて、金を奪われることが連続して起こった。店に訴えてきた客から話を聞いた店長は、警察にたれ込まれる前に始末をつけなければと焦っていて、少女たちと男のグループを捕まえて締めてくれ、と松田に依頼していた。

比嘉は女に電話をさせるとき、ツーショット・ダイヤルだけを使わせ、テレクラの客と重ならないようにさせていた。実際には両方を利用している客もいるはずだが、テレクラ業者と争いにならないように一応の棲み分けを行っていた。金を巻き上げた相手が警察に訴えて取り締まりが厳しくなれば、痛手を被るのは比嘉もテレクラ業者も一緒だった。それは結局、比嘉とテレクラ業者の上にいる琉誠会に問題が及ぶということであり、比嘉にしてもそれだけは避けなければならなかった。

カツヤは駐車場から車を出して比嘉と松田を乗せ、松田の指示で泊大橋の見える海沿いの公園に向かった。カツヤがよく利用する公園から五分ほどの場所で、中学生という少女たちは、その公園の入口近くにある公衆電話を頻繁に利用しているらしい。

二日前に襲われた中年の男は、指定された公園のトイレの前に行くと、中から出てきた三人の男に取り囲まれ、障害者用トイレに引きずり込まれて袋だたきの目に遭い、財布を奪われていた。

「三名ぐらいなら、お前一人で何とかなるだろう」

松田が後ろの席から笑いながら言う。カツヤたちの他に、二台に分乗した仲間が公園周辺を移動しながらグループを探しているという。だまされた客を装う囮《おとり》が必要で、それをカツヤにやるように松田は言った。少女たちが指定した場所に行けば、おそらくは待ち伏せした男たちとやり合うことになる。

「写真が撮れなかったぶんな、こういう機会に挽回しとけよ」

松田の言葉にカツヤはうなずいた。一年前なら、多少喧嘩慣れした相手でも、三人まではどうにかする自信があった。しかし、この半年以上まともな練習をしてなくて、体がどれだけ動くか分からなかった。

公園から少し離れた小学校の塀のそばに車を停め、テレクラの個室に入っている当間という男から連絡が来るのを待った。電話は取り次ぎ制にしてあって、少女たちからかかってきたら店長が当間につなぎ、待ち合わせの場所と時間を決めて松田に連絡する手筈になっていた。昨日、一昨日と、少女たちが電話をかけてきたのは午後八時頃だったらしい。車内の時計は七時二十六分を表示している。アイドリングにしたまま、フロントガラス越しにカツヤは空を見た。深い紺色に変わっていく空に星が光り始めている。水平線近くにはまだ青と緑の中間色が残り、泊大橋の外灯が弧を描いて並んでいる。

松田は他の車に携帯電話で連絡を入れ、状況を確認した。捕まえたら女はホテルに連れ込むからな、お前も相手するか、と前の席まで臭ってくる息を吐いて笑う。カツヤは曖昧に返事をして、腕をさすりながら外に注意を払った。昼間と違い、エアコンが利きすぎて寒いくらいだったが、暑がりの松田の手前風量を弱めることはできなかった。角を曲がって前からゆっくり近づいてきた車が、カツヤたちの横に来て止まり、運転席のドアが開く。松田の中学の後輩でカツヤも顔と名前だけは知っている、新城という二十歳くらいの男だった。他に助手席と後部座席に二人の男が乗っている。松田が窓を開けて新城と話すのをカツヤは聞いた。

公園入り口の公衆電話ボックスに少女が二人いて、近くには男が三人乗った改造車が停まっている。新城がそう報告すると、松田は男たちの車が逃げられないように挟み撃ちにすることを確認し、呼んだらすぐに来られる場所で待機しておくよう指示した。

新城の車が発進してから四、五分後、松田の携帯電話が鳴った。当間から連絡を受けた松田は、公園に行って、入口から五十メートルほど離れたところで止めるようにカツヤに指示した。すぐに車を発進して公園に向かうと、後ろでは松田が他の車に連絡を入れていた。言われた場所まで移動するのに二分もかからなかった。公園は周囲をコンクリート製の擬木で囲まれ、海側にはユウナの木が防潮林として植えられている。公園と海沿いの護岸との間には道路がまっすぐに百メートルほど延びている。その中間あたりに公園の入口があり、公衆電話の明かりが見える。夕方まではジョギングをしている人や護岸で話をしている若者の姿を見かけるが、外灯が少ないせいもあって、日が暮れると人気がなくなる場所だった。

運転席から降りようとすると、後ろの席から松田がカツヤの肩を叩いた。

「遠慮するなよ」

にやついている松田にうなずき、カツヤはドアを閉めて公衆電話に向かった。歩きながらまわりの様子をうかがったカツヤは、入り口から二十メートルほど離れたところに、こちら向きに駐車している白塗りの乗用車を認めた。暗くて車内の様子は確認できなかったが、少女たちとつるんだ男たちが乗っているはずだった。カツヤは車の方を見ないようにし、公衆電話のそばに行った。電話ボックスの中でしゃがみ込んで話をしている二人の少女が顔を上げる。ジーンズに白いTシャツ、ショートカットの髪と、二人とも同じような格好をしていて、カツヤがノックするとうなずいて出て来た。一人は身長が百六十くらいあって髪を茶色く染め、大人びた顔をしている。もう一人は小柄で顔立ちも幼く、小学生じゃないかとさえ思った。カツヤはすぐにマユのことを思い出した。

「電話した人?」

茶髪の少女が聞く。カツヤはうなずいた。

「車は?」

「向こうに停めてある」

そう言ってカツヤが来た方向を目で示すと、茶髪の少女が背伸びしてカツヤの視線の先を見た。

「ここまで持ってくればいいのに」

小柄の少女が舌っ足らずな口調で文句を言う。少女たちに促されて公園の入口の前に立つと、茶髪の少女がまわりを見回してから手を上げた。停まっていた白い乗用車がライトをつけ、カツヤたちを照らし出す。急発進するエンジンとタイヤの音を耳にして、カツヤは走って道路を渡り、側溝を飛び越して道路から五十センチほど高くなった護岸に上がった。少女たちの前で急停車した乗用車は、改造されたバンパーに黒く傷がつき、後部座席のドアに暗い中でも分かるようなへこみがあった。後部座席の窓ガラスにわざわざ目立つように海軍旗のステッカーを貼ってあるのを見て、馬鹿どもが、とカツヤは鼻で笑った。

運転席から下りてきた男が、ドスを利かせた声で喚きながら近づいてくる。公衆電話の明かりで、鳶職が着る裾の広い作業着を着ているのが分かる。側溝をまたいで護岸に右足をかけ、男が上がろうと体を浮かせた瞬間、支えとなっている脚の膝に関節蹴りを入れた。足首と膝が不自然に曲がり、体勢を立て直そうと男が手を伸ばす。カツヤは一歩踏み込むと両手で男の胸を突き飛ばした。男の体は一メートル以上飛んで、背中から地面に落ちた。テトラポッドに波の砕ける音と、地面に体のぶつかる音が重なる。後頭部を押さえて横向きに転がり呻いている男を、車のそばにいた二人のうち一人が助け起こそうと走り寄る。もう一人が「何か」と甲高い声をあげてカツヤに向かってくる。学習能力のない男は、同じように側溝をまたいで、護岸に片足をかけて上がろうとする。バランスを取るために両手が広がり、顔面ががら空きだった。

鼻を狙って掌底で突く。男の顔が予想以上に前に出ていて、上顎に当たった。前歯がぐらつく感触と同時に、手首に痛みが走る。口を押さえた男の腹に横蹴りを入れると、男は片足を溝に突っ込んで仰向けに倒れた。溝から這い出て、膝と顔を押さえて座り込んだのを見て、しばらくは立てないはずだ、と判断した。右手首をくじいたらしく痛みがあったが、握った拳には十分力が入った。

先に倒れた男を助け起こそうとしていたもう一人が体勢を整えないうちに、カツヤは護岸から降りた。車の横に立っている二人の少女が叫び声を上げ、逃げ出そうとする。松田たちの乗っている車がライトをつけ、猛スピードで近づいてくる。反対方向からもタイヤをきしませて新城たちの車が走ってきた。両側からライトで照らされ、少女たちは身動きできなくなった。路上に倒れているリーダーらしい男の横にしゃがんでいるのは、まだ中学一年生くらいの少年だった。小柄な体をすくめて、おどおどした目でカツヤを見ている。

「さすが空手をやってるだけあるな」

運転席から降りてきた松田がカツヤに声をかける。松田は少年に近づくと、いきなり革靴の底で側頭部を蹴った。横倒しになった少年が頭をかばうと、腹に靴先をめり込ませる。もう一台から降りてきた新城とその仲間が、倒れている二人をところかまわず蹴り始めた。両手で頭を守り土下座して許しを請う二人を、新城たちは執拗に弄んだ。カツヤは頭を蹴らないように注意したが、聞く耳を持たなかった。逆にカツヤの言葉に刺激されたように後頭部を踏みつける。

「おい、ここで死なすなよ。人が来ないうちに車に乗せれ」

松田の指示で、新城たちはやっと蹴るのをやめ、仰向けに倒れて力無く首を振っているリーダーらしい男を引きずり起こした。脱がせたTシャツを破って猿ぐつわをかませ、手首をベルトで後ろ手に縛る。靴を脱がせて海に投げ捨てると、新城の車のトランクに横向きに寝かせて閉めた。残りの二人も靴を脱がせて海に捨て、ベルトで手首を縛り、遅れてやってきたもう一台の車に分乗させ、後部座席に押し込んだ。

その間に松田は、声を出せないで立っている二人の少女の腕をつかみ、比嘉が乗っている車の後部座席に乗せようとした。小柄な少女が逆らう素振りを見せると、松田は首の後ろをつかんで車のドアに叩きつけた。

「女だからといって手加減すると思うか」

うずくまる小柄な少女の髪を鷲づかみにして引き起こし、窓ガラスに顔を押しつける。小柄な少女は涙声でわびた。

少女たちが後部座席に座ると、中にいた比嘉が松田に合図を送った。松田は新城に、別の場所で男たちを適当に痛めつけて「注意」してやるように言い、カツヤに車の鍵を放ってよこした。カツヤは、手首の具合を確かめながら運転席に座った。新城の車が短くクラクションを鳴らして先に発進する。松田は軽く手を挙げて見送り、助手席のドアを開けた。

「いつものホテルにな」

松田はカツヤに言うと、後部座席の少女たちを見た。

「静かにしてたら何もしないからな」

笑いかける松田の顔を見て、すすり泣きを漏らしていた小柄な少女の声が止んだ。カツヤは人が見ていなかったかまわりを確かめながら車を発進させ、住宅街の狭い道を巧みなハンドルさばきで抜けてホテルに向かった。

波の上のラブホテル街に来て、松田が言ったホテルの一階の駐車場に車を入れた。真っ先に降りた松田は、後部座席のドアを開け、少女たちに降りるように言う。

「逃げようとしても無駄だからな。男友達を殺されたくなかったら、言うこと聞けよ」

少女たちはうなずいて車を降り、寄り添うように立ってあたりを見回した。比嘉が降りるのを待って車の鍵を閉め、カツヤはホテルの玄関に入る松田たちのあとに続いた。少女二人の肩を左右に抱いた松田は、正面の壁を見上げ、造花の壁掛けに隠して設置された監視カメラに、親指を立てて合図した。松田の父親が経営しているラブホテルで、若い従業員はみな松田の手下だった。五階建てのホテルの最上階に松田専用の部屋があって、女たちを連れ込んで開かれる飲み会に、カツヤも何度か参加したことがあった。

ロビーにある空き部屋を示すパネルはほとんど消えていて、平日の夜なのに繁盛しているようだった。エレベーターで五階に上がる間、松田は我慢できないというように少女たちの体をいじり始めた。胸や下腹部を触り、抵抗できずに顔をしかめている少女たちを見て、松田は腐った歯を剝き出しにして笑う。小柄な少女はすでに屈服していたが、もう一人の茶髪の少女は、まだ反抗心が消えていないのが表情で分かった。Tシャツの衿元から入ろうとする手を反射的に押さえた茶髪の少女が、助けを求めるように比嘉を見る。比嘉が見返すと、茶髪の少女はあわてて目をそらした。少女たちの甘ったるい体臭に鬱陶しさを覚えながら、カツヤは開いたエレベーターから最後に出た。

模造の観葉植物の鉢が置かれた廊下は、煉瓦色のカーペットが敷かれている。カツヤは途中で四人を追い越し、一番奥の部屋のドアを開けた。松田は少女たちをソファに案内して座らせ、二人の間に腰を下ろす。向かいのソファに座った比嘉が、品定めをするように少女たちを見た。カツヤは冷蔵庫からビールとウイスキーを出し、足りない分のグラスと氷をフロントに頼んだ。松田がカツヤから電話を取ると、ピザを店に注文するよう指示する。カツヤは比嘉の横の一人がけのソファに座った。松田は缶ビールを開けてグラスに注ぐと比嘉の前に置き、もう一缶開けてじかに飲み始める。

ドアをノックする音がし、カツヤは従業員からグラスと氷を受け取った。カツヤも顔を知っているまだ十代の男で、お楽しみですね、と笑いながら目配せする。一瞬、手が出そうになるのを抑えて、カツヤはドアを閉めた。席に戻り、グラスを少女たちの前に置く。松田が、何がいいか？　と聞くと、少女たちはジュースと答える。カツヤは冷蔵庫からジュースを取り、二人のグラスに注いだ。松田がそれにウイスキーを加える。比嘉と松田の水割りを作り、カツヤはウーロン茶の缶を開けた。

「飲めよ」

松田が言ったが、カツヤは礼を言って自分の水割りは作らなかった。比嘉はビールのグラスを先に飲み干し、水割りを手にした。

「遠慮しないで、飲めよ。食事も来るからな」

松田が左右の二人に親切そうに言う。笑いかけると黒ずんだ歯茎に根元だけ残った前歯が不気味だったが、松田本人は愛想よくしているつもりだった。恐る恐る手を伸ばした二人がグラスに口をつけるのを見て、松田はテレビのリモコンを取りスイッチを入れた。チャンネルをアダルトビデオに合わせると、女の喘ぎ声が室内に響く。音量を調整しながら松田は、少女たちが体を固くし、テレビから顔をそむけるのを面白そうに見ている。茶髪の少女は不機嫌そうな表情を浮かべて、グラスをテーブルに置いた。

「お前ら中学生か？　どこの中学か？」

松田は少女たちがビデオに示す反応を観察しながら聞いた。下卑た表情をカツヤは見ていられなかった。

「家出して金に困ってるのか？　それであんなことしたのか、は？」

黙っている小柄な少女のうなじを松田はてのひらでさすり、指で耳たぶをいじる。

「学校も面白くないし、親もうるさいし、うんざりしてたんだろう、ん？」

松田の言葉に、茶髪の少女がかすかに笑ったような気がした。カツヤはそのことに松田が気づかなければいいがと思った。

「そんなに嫌うなよ。金に困ってるんならいくらでも相談に乗るからな。ジュースを飲まんか？　ビールがいいか？　遠慮しなくていいからな」

松田が目で合図を送るのを見て、カツヤは冷蔵庫から缶ビールを二缶出してテーブルに置いた。松田が缶ビールを開けて小柄な少女に持たそうとするが、持とうとしない。持てよ、バカ。カツヤは内心でつぶやいた。松田が缶ビールを小柄な少女の口に押しつける。顔をそむけた拍子に泡が松田の腿にこぼれ落ちた。缶をテーブルに置くと松田はゆっくりと泡を払った。

「すみません、帰してください」

茶髪の少女がそう言ったのは、最悪のタイミングだった。カツヤは小さく舌打ちして茶髪の少女を見た。勝ち気そうに唇を引き締め、松田を見ている少女の目は美しかった。そうやって今まで、グループの男たちに自己主張してきたのだろう。男たちもまた、そういう少女の生意気さを許してきたのだろう。だが、それがまったく通じない男がいることを茶髪の少女はまだ知らなかった。

カツヤは松田と比嘉の様子をうかがった。比嘉は表情一つ変えないでテレビの画面に目をやっている。松田は苦笑を浮かべて鼻の横をかいた。二人が何も言わないので、茶髪の少女は図に乗り、小柄な少女の手を取って、帰ろう、とソファから腰を浮かせた。松田は茶髪の少女の腕をつかむと無理矢理座らせた。少女が抵抗しようとした次の瞬間、松田の右腕が後ろから少女の首に回った。暴れる少女を胸元に引き寄せ、拳で頭を二回殴った。鈍い音がし、少女の動きが止まる。小柄な少女が両手で顔を押さえてすすり泣く。松田はリモコンを取ってテレビのボリュームを上げた。

「右手をテーブルに出せ」

松田の変化を茶髪の少女も気づいているはずだった。だが、まだ体が反応しきれていなかった。

「出せ」

首を絞める手に力が加わる。少女はあわてて右手をテーブルの上に載せた。自分が大きなミスを犯したことにやっと気づいたらしかったが、もう遅かった。カツヤは少女の手をテーブルに押しつけて指を広げさせた。少女の耳が赤くなり、顔が鬱血しているのが分かったが、自分の手を見られないのは、むしろ幸いだったろう。

比嘉が上着の内ポケットからナイフを取り出す。金属音がして飛び出した刃が光を放つ。カツヤと代わって少女の手を押さえた比嘉は、人差し指の爪の間にすっと刃先を差し込んで、赤いマニキュアが塗られた爪をめくり取った。肉のついた爪がテーブルの上に落ちる。一瞬の間をおいて少女が叫び声を上げた。松田の右腕にさらに力が加わり、少女の声が止む。

「今度声出したら爪くらいじゃすまないよ。お願いだから静かにしてくれよな」

松田が腕の力を緩めると、少女は喉を鳴らして息を吸ったが、声は漏らさなかった。少女たちがこれ以上反抗しないと見て、松田がテレビのボリュームを落とした。比嘉に押さえられた右手が小刻みに震えて、指先に盛り上がった血がテーブルに流れ落ちる。両手で顔を押さえて泣き続けている小柄な少女を見て、比嘉がカツヤにテーブルの上の灰皿を目で示す。カツヤは、バカ女どもが、と内心で罵りながらうなずいた。

「目を開けろ」

顔を覆っている小柄な少女の手を引きはがし、怒鳴りつける。少女はしゃくり上げながらカツヤを見た。子どもの頃飼っていた犬の目とそっくりだった。ふと、あの犬は最後はどうなったんだろう、という考えが浮かんだ。

「おい、この灰皿でこいつの指を潰せ。手加減したらお前の指を叩き潰すからな」

カツヤは少女の手に厚いガラス製の灰皿を持たせた。

「お願いです。許してください。もうテレクラに電話をしたりしませんから、許して……」

小柄な少女が、涙で汚れた顔を比嘉に向け、頭を下げる。そういう言動は比嘉の行動をエスカレートさせるだけだった。カツヤは少女の頬を張ると、灰皿を振り上げさせて耳元で怒鳴った。

「今さら遅いんだよ、バカ。早くやれ、お前、自分の指を潰されたいのか、早くやれ」

テーブルの上に広げられた細く長い指は、血とマニキュアの赤で飾られている。小柄な少女は手を動かしかけたが、振り下ろすことはできなかった。

「やれ」

カツヤはもう一度怒鳴った。少女は目を閉じて腕を振った。灰皿は手の甲に当たって跳ね返った。茶髪の少女が呻き声を上げ、小柄な少女は顔を押さえてすすり泣く。灰皿は当たる瞬間に力が弱まり、手の甲には赤い跡がついただけだった。テーブルの下に転がった灰皿を比嘉が拾い上げ、小柄な少女の側頭部を殴りつけた。松田の方に倒れた少女は両手で頭をかばった。

「やれ」

比嘉がテーブルに灰皿を置く。体を起こした少女のこめかみが青く腫れ上がっている。

「おい、これが最後の注意だぞ」

カツヤの言葉に、少女はゆっくりと灰皿に手を伸ばし、顔をぐしゅぐしゅにして灰皿を肩のあたりまで上げた。

「もっと上まで上げろ」

カツヤの声に頭の上まで上げ、小柄な少女は、ごめんね、ごめんね、と繰り返して、灰皿を振り下ろした。厚いガラスが人差し指の先端に落ちる。肉の潰れる音と灰皿がテーブルにぶつかる音が、テレビから流れる女の喘ぎ声を一瞬かき消す。茶髪の少女の全身が突っ張り、松田は笑いながら体を押さえ込んでいる。手首を押さえている比嘉がカツヤを見る。カツヤは洗面所の棚からタオルを取ってきて、平たくなった指先から血が流れる少女の右手を包んだ。松田が首に回した腕をほどくと、茶髪の少女は右手を抱え込み、声を殺して泣き始める。小柄な少女も灰皿を手にしたままうつむいて泣いている。その顔を上げさせ、比嘉は灰皿を取り上げて、飛び散った血がついた上着の袖を見せた。

「これから働いて弁償しろよ」

そう言って比嘉が灰皿をテーブルに置くと、小柄な少女は何度もうなずいた。

カツヤは肉片のついた爪をティッシュに包んでチリ籠に捨てた。さらに数枚のティッシュを取ってテーブルの血を拭き、灰皿を片づけた。ウイスキーの水割りを作り直して、比嘉と松田の前に置く。比嘉は無表情で、松田はにたにた笑いながらグラスを取って飲んだ。カツヤは二人の少女の前にも水割りを作って置いた。

「遠慮しないで飲めよ」

松田の言葉に、小柄な少女はすぐにグラスに手を伸ばした。茶髪の少女も、左手を伸ばしてグラスを取った。口元に当てるグラスが震えて歯に当たり音を立てる。茶髪の少女の膝にこぼれる水割りを松田が面白そうに見ている。

変態が。

カツヤは胸の内で吐き捨てた。小柄な少女もグラスに口を当てているが、中身は減っていない。松田が目敏く見て、飲めよ、と頭をこづく。少女はあわてて半分ほど飲んだ。

玄関のドアをノックする音がし、カツヤは席を立った。ドアを開けると従業員がピザの箱を持って立っている。

「追加要りますよね」

ピザと一緒に従業員がウイスキーの瓶を差し出した。礼を言って受け取り、カツヤはドアを閉めた。箱から出したピザの皿をテーブルに置く。松田は待ちかねたように手を伸ばして一切れ頬張った。

「食えよ」

松田の声に少女たちがあわてて一切れずつ手に取る。口に運んで少しかじったが形だけだった。カツヤは一切れ食べただけで、それ以上は手をつけなかった。空腹感はあったが、胃が受けつけなかった。比嘉はソファにもたれてビデオを見ていて、ピザには手を伸ばさない。グラスが空になったので、カツヤは新しく水割りを作り比嘉の前に置いた。従業員が後から持ってきたウイスキーをカツヤが開けていると、松田が部屋の一角を顎で示した。ベッドの脇にビデオカメラが入ったケースと三脚が置かれている。松田が比嘉に、いいか、と確認し、テレビのボリュームを落とした。小柄な少女の手を取って、松田がソファから立ち上がる。

「言うこと聞けよ」

小柄な少女が嫌がる素振りをしたのを見て、カツヤは声を上げた。小柄な少女はカツヤを見て、ソファから腰を上げる。少しでも逆らう素振りを見せれば、比嘉や松田を刺激するだけだった。どうせ逃れることができないのなら、さっさとことをすませた方がましだった。茶髪の少女がタオルで巻いた右手を胸の前に抱き、小柄な少女を見てすぐに顔を伏せる。涙で汚れた顔がカツヤの胸にわずかな痛みを与えた。今さら遅い。カツヤはいっさいの同情を消した。

小柄な少女は、どうした方がいいかを悟ったようだった。それでも、ベッドのそばに連れて行かれて、まだためらっている。もたもたしているその様子に苛立ちながら、カツヤは三脚を立て、ビデオカメラを据えて新しいテープをセットした。

「脱げ」

カツヤが撮影の準備を終えたのを見て、松田は少女に命じた。少女がTシャツを脱ぐところからカツヤはカメラを回した。

「こっちを向け、顔を隠すな」

背中を向けた少女にカツヤは命令し、少女がジーンズを脱いで下着を取る姿を正面から撮影した。少女が全裸になると、下着一枚となった松田が背後に立ち、胸を隠していた両手を左右に上げさせる。

「顔を上げろ」

今にも泣き出しそうな顔も体も中学生にしては幼かった。それを好む連中は多かった。高く売れるな、とカツヤは思った。少女の全身を撮ったあと、アップで足元から膝、太腿、生え始めたばかりの陰毛へとゆっくり移動する。

今まで作ってきたビデオは、三十本以上あった。撮影した少女の大半は、小遣い稼ぎが目的で納得済みだった。中にはだましたり、脅したりして、無理やり撮ったものもあった。そういうビデオの方が売れ行きはよかった。いったん撮られてしまえば、少女にはどうしようもない。もともと家出したり、遊び回っている少女ばかりで、家族に送りつけて近所にばらまくと脅し、目の前に少女たちにとっては高額な金を置けば、逆らうどころかまたやりたそうな顔さえ見せる。実際、そうやって二度、三度と撮った少女もいた。ただ、撮られることに慣れてしまうと、商品価値は下がった。嫌悪と恐怖と屈辱で顔を歪めた最初のものが一番人気があった。

童顔で体つきも幼いこの女なら、かなりいけそうだった。ベッドに上がる後ろ姿の線の固い背中や小振りな尻を見て、自分の中に生じる痛ましさの度合いをカツヤは測った。未熟さと痛ましさ。その二つは売り上げにつながる大事な要素だった。見ていることに多少疚しさを覚えるくらいがちょうどよかった。仰向けになって指示を待っている少女を、松田はカメラに向かって横向きに寝かせ、後ろから脚を持ち上げた。広げられた中心を指でいじる。今にも泣きそうな少女の顔を撮っていると、松田が少女の手を取って自分でやるように命令する。

「やったことあるだろうが、やれよ。お前も友達みたいになりたいか」

少女は首を横に振って手を動かし始める。松田は無理な姿勢の少女の体を支え、うつむこうとする顔を上げさせる。

「カメラを見ろ。同じこと何度も言わせるなよ」

カツヤはカメラを引くと全身を撮り、それから徐々に寄りながら顔から胸、下腹部へと移動し、指の動きを撮った。十分ほど少女に自慰をさせてから、松田は少女の手の上に自分の手を添え、乱暴に動かし始めた。カツヤは三脚からカメラをはずし、手持ちに替えた。痛みに耐えている少女の顔が同時に映るように足元の方に移動し、激しく動く指と下腹部を撮り続けた。

少女の目から涙がこぼれ、濡れた性器から音が漏れる。松田は少女を仰向けに寝かせると、全身に舌と指を這わせ、少女の体が拒否反応を示すのを楽しんでいる。松田の表情や体の動きは、見ていて吐き気を催した。それでも、カツヤは少女の体と表情が歪み、震え、くねる様子を撮り続けた。松田が挿入して果てるまで、十五分ほどの間に少女は何度も体位を変えられ、最後は仰向けに体を深く折り曲げられて中に出された。

「いいの撮れたか」

ベッドから降り、ウイスキーのグラスを取って飲みながら松田が聞く。うつぶせになって体を震わせている少女の脚を広げ、中から白い液が流れ出すのを撮っていたカツヤは小さく、ええ、と返事した。少女は枕に顔を埋めている。松田はグラスを手にしたまま浴室に行った。シャワーの流れる音を聞いて、カツヤはビデオの録画スイッチを切った。ビデオカメラと三脚を片づけている間中、ベッドに伏せたまま少女は泣き続けた。鬱陶しかったが、さすがに怒鳴る気にはなれなかった。

比嘉はテレビをアメリカのプロバスケットボールの試合に替えて、ウイスキーを飲み続けている。二本目のボトルも半分以下になっていた。爪を剝がれた少女は、タオルに包まれた手を抱いてうなだれた姿勢のままだった。小柄な少女が漏らす声はずっと聞こえていたはずだった。指を潰されていなければ、自分もビデオに撮られていたことを自覚しているだろうか、とカツヤは思った。先のことを考えれば、ビデオを撮られるよりも、指を一本潰された方がまだ幸運かもしれなかった。

カツヤはベッドの反対側に寄せられた布団を広げ、小柄な少女の背中にかけた。腫れぼったくなった上下の瞼をもんでいると、松田が体を拭きながら浴室から出てきた。フロントに電話をして、松田はもっと酒を持ってくるように従業員に言いつける。それからソファに座って携帯電話を手にし、女がいるからホテルに来ないか、と数名の仲間に声をかけた。

電話をかけ終わると、松田は冷蔵庫からウーロン茶の缶を取り出し、茶髪の少女の首筋に押し当てた。少女が驚いて体をひねる。松田は声をあげて笑い、プルタップを開けてウーロン茶をあおった。茶髪の少女はソファの隅に縮こまって体を震わせている。指を潰された方が運がよかった、と考えたのは甘かった。他にも仲間が来れば、指を怪我しているくらいでは、無事で済まされるとは思えなかった。

「お前、今日はもう帰ってもいいぞ」

松田の言葉にカツヤはほっとした。これ以上少女たちがいたぶられるのを見たくなかった。比嘉に深く頭を下げてドアの方に向かう。部屋を出るときソファの方を見ると、茶髪の少女が助けを求める眼差しをカツヤに向けた。これから少女たちに起こることを考えると気が重かった。しかし、カツヤにはどうしようもなかった。テレクラに電話をして軽はずみに金を脅し取ったことの代償がどれだけ高いものか、これから身をもって知ればいい。自分の中の疚しさを押し殺すように胸中で言い捨て、カツヤはドアを閉めた。

アパートに戻る途中、コンビニで缶ビールとつまみ、牛乳やヨーグルトを買った。ドアを開けると室内にこもった熱と臭気が流れ出してきた。キッチンの明かりをつけ、玄関脇の窓を開けて換気扇のスイッチを入れる。缶ビールを一つ開け、ビニール袋の中味を冷蔵庫に入れる。

マユの部屋に入ると、熱と臭気はいちだんと酷かった。つけっぱなしにしてある蛍光灯の下で、タオルケットにくるまってマユは向こう向きに眠っている。体が目立って小さくなったようで、少し不安になった。汗でこめかみや額に髪が張りついている。手を当てると熱は治まりつつあるようで、寝息も穏やかだった。ホテルに残った二人の少女のことが思い浮かぶ。今頃どういう目に遭っているかを考えると、何かいたたまれない気持ちになってくる。そういう自分の反応が意外だった。女たちに過度に同情するのは危険だった。同情しても何も変わりはしないだけでなく、自分の行動に嫌悪感が募れば失敗を犯す危険性が高まり、自分が痛い目に遭う。

同情が危険なのはマユも一緒だった。体力が回復したら、すぐに客を取らさなければならない。自分に言い聞かせ、カツヤはキッチンでカップに入れた牛乳に風邪薬を混ぜ、部屋に戻った。マユをベッドから起こそうとしたとき、Tシャツの襟元から背中の火傷痕が見えた。カツヤはTシャツの裾をめくった。背中に羽を広げる虹の鳥は、さらに美しくなっている。羽根の一枚一枚はくっきりと輪郭を持っているのに、全体を見ると色が滲み微妙に変化していく。汗ばんだ白い肌に彫り込まれた色彩の美しさが際立つ分、引きつれた肉の盛り上がりは醜かった。時間をかけて牛乳を飲ませ、マユをベッドに横たえると、静かに寝息を立てる。こんなに安らかな寝顔を見たのは初めてだった。カツヤはその寝顔をしばらく眺めてから、自分の部屋に戻った。

ベッドに腰を下ろし、ビデオを見ながら缶ビールを飲んだ。ベトナムの戦場で生き残った元特殊部隊の男が、帰国しても日常生活にうまく戻れず、自分の体に植えつけられた殺人術と戦場の記憶に苦しみながら、都会をさまよい続ける映画だった。

ベトナムの密林の中で、敵の部隊に囲まれ、男の所属する部隊は壊滅的な打撃を受ける。生き延びた仲間もその後の戦闘で次々と戦死し、帰国できたのは男の他にたった三名だった。その三名の戦友も、薬物に溺れて急死したり、犯罪に巻き込まれて殺されたり、再会した家族とうまくいかずに自殺する。一人生き残った男は、戦場の記憶に苦しみながら、自分が戦った意味を自問し続ける。深夜の街をさまよう主人公の陰鬱な姿を見ながら、社会の教師が授業中に語った話の続きを思い出した。

ヤンバルの森の奥で訓練をしている特殊部隊の隊員たちの間に、一つの伝説が伝わっている。アーミーナイフで敵の喉を切る話をした次の時間、社会の教師は突然、黒板に板書をしていた手を止めて話し始めた。

ヤンバルの森に幻の鳥がいる。鳩くらいの大きさで、長い尾は一メートル近くもあり、頭には飾り羽根がある。全身が極彩色の羽根で覆われているので、米兵たちはその鳥を、レインボー・バード、虹の鳥と呼んでいる。もし森の中でその鳥を見ることができたら、どんな激しい戦場に身を置いても、必ず生きて還ることができる。兵士たちはそう信じている。

話を聴きながら、カツヤの目にその鳥の姿が鮮やかに浮かんだ。薄暗い森の中をゆったりと飛ぶ一羽の鳥。赤や青や緑や黄色など鮮やかな色彩の羽根に覆われ、長い尾が揺れながら光の粉末を振りまく。緋色の顔に金色の虹彩と漆黒の瞳孔が打たれ、鋭い嘴から発せられる鳴き声が暗い森に響き渡る。カツヤはその声を聴いたような気がして身震いした。

だがな、その鳥を見ることができた奴がいたかどうかは分からない。その鳥を見たことを他人に言ってしまうと、鳥がもたらす奇跡は消えてしまう。だから仮に見た奴がいても誰も口にしないから、鳥の存在を証明できないんだ。それと、もう一つ理由があって、その鳥を見た男は生き延びることができるが、代わりにというか、部隊の他の仲間は全滅するというんだな。

逆に他の仲間が生き延びるためには、虹の鳥を見た男を殺さなければならない。だから、虹の鳥を見た者は誰にも口外しない。そういう二重の意味で、存在を証明できない鳥というわけだ。だから幻の鳥なんだけどな。

教師はそのあと、そういう鳥の伝説ができるのも、特殊部隊の兵隊だって本当は戦場で死にたくないからで、彼らの生きたいという願望が生みだしたのだ、ともっともらしく説明して、いつもの反戦平和論に話を持っていった。そういう蛇足はカツヤにとってどうでもよかった。一瞬、目の前に見えた七色の姿と耳に聞こえた鋭い鳴き声によって、虹の鳥はカツヤの心に確かな存在として残り、いつかその鳥を見ることができたら、という願望が深く根を下ろした。

映画は後半になるにつれて、さらに陰鬱さを増していった。主人公の男は、勝手に思いを抱いていた若い女が他の男とつきあい始めたのを知り、裏切られたと思い込んで二人を殺害する。警察に追われて車で逃げる途中、男は人質にするために幼い女の子を拉致し、最後は森の中に逃げ込む。女の子を抱いて森を歩き続けた男は、深い青緑色の湖に出る。そこは生きのこった戦友たちと一度だけ集まり、釣りとキャンプをした湖畔だった。頭上に警察と州兵のヘリの音が近づく。湖面が波打ち、ヘリに乗った兵士のライフルが男をとらえる。女の子の喉にアーミーナイフを当て、大木の陰に隠れた男は、軍用犬の鳴き声が近づくのを耳にして、女の子を地面に下ろす。白いワンピースを着た小さな背中を押して湖の方に行かせると、男は自らの首をナイフで切り、大木の根本に崩れ落ちる。倒れた男の見開かれた目に、しゃがんで男をのぞき込む女の子の姿が映る。数名の警察官が走り寄り、女の子を抱きかかえる。州兵の連れたシェパードが、死んだ男に吠えかかる。倒れた男が手にしているアーミーナイフは、ベトナムで死んだ戦友の形見だった。

森の上を飛ぶテレビ局のヘリコプターからカメラが男に向けられる。街のショーウインドーのテレビ画面に、地面に倒れた男の姿が映し出される。くしゃくしゃの紙袋にウイスキーの瓶を入れた浮浪者が画面を見つめ、一口あおって死んだ男のために涙を流す。遠くの高層ビル街を背景に、森の上を旋回する三機のヘリに、ベトナムの密林の上を飛ぶヘリの映像が重なる。戦場から救援を求める無線の声が響き、画面が暗転する。

エンドロールの途中で、カツヤはビデオを巻き戻した。ベッドから下りて、冷蔵庫からミネラルウオーターを取って飲み、闇の中を飛ぶ虹の鳥の姿を思い浮かべながら部屋の明かりを消した。

翌日、カツヤが目を覚ましたのは午前十時過ぎだった。ベッドから下りると、クーラーをつけっぱなしにしたまま窓を開けて換気した。部屋に差し込む陽光に顔をしかめ、洗濯をしなければ、と思った。シャワーを浴び、体を拭いて部屋でトレーニングパンツとTシャツを着け、冷蔵庫からミネラルウオーターを取ってマユの部屋に入った。

カーテンを透かした光が蛍光灯の光と混ざって、部屋全体が緑っぽい奇妙な色に染まっている。エアコンを切ってあるので熱がこもり始めていて、部屋の臭いがきつくなっていた。カツヤはエアコンのスイッチを入れて室温を調整した。それから、マユの体を起こし、持っていたミネラルウオーターのペットボトルを口に当てた。マユは目を閉じたまま二口飲んだ。衣装ケースからタオルを取って体を拭き、下着とTシャツを着替えさせる。

キッチンに戻ってカップに牛乳を入れ、風邪薬を混ぜて部屋に戻る。薬だから飲め、と耳元でささやくと、マユはうっすらと目を開けた。背中を支えてやると、唇に当てられたカップに手を添え、自分の意志で牛乳を飲んだ。初めてのことにカツヤは驚いた。全部飲み終えたマユの口のまわりをティッシュで拭いて、そっとベッドから下ろした。床に立ったマユの顔に、かすかに笑みが浮かんだような気がした。それが錯覚だったとしても、カツヤは嬉しかった。

マユは三、四歩歩いて部屋の中央に腰を下ろすと、抱えた膝に顎を載せて目を閉じた。回復している、と思い、ほっとしている自分がおかしくなる。何を喜んでいるのか、という声が聞こえる。客を取らせるには、まだ数日かかりそうだった。休んでいる間の分の現金を用意しなければならなかった。キャッシュカードの十万は使いきり、どうやって金を工面するか考えると、無力な自分が惨めで憂鬱になってくる。そういう自分をごまかすためには、考えることをやめるしかなかった。

部屋の隅に寄せてあったマユの洗濯物を抱え、自分の部屋からベランダに出て、洗濯機に入れた。午前中、マユと自分の洗濯物を洗ってベランダに干した。女物の下着を干している滑稽さも、比嘉に与えられた役割として、自分を納得させていた。マユの部屋に行くと、マユは床に横になって再び眠っていた。タオルケットをかけて、カツヤは両方の部屋とキッチンを掃除した。

午後は近所の喫茶店で昼食をとり、ビデオを返却して新しいのを借りた。そのあと、五八号線沿いの遊技場でスロットマシンのバーを叩いた。頭を空にするには、回転するドラムの絵柄を見つめ、氾濫する機械音と放送音の中に身を置くのが一番だった。

夕方、部屋に寄ってマユに風邪薬入りの牛乳を飲ませ、ヨーグルトを少し与えた。洗濯物を取り入れて整理してから、部屋を出た。途中で食事をして遊技場に戻り、閉店まで同じ台に向かい続けた。コインを出しては吸い込まれを繰り返し、最終的には七千円の負けだった。帰りに行きつけのバーに寄って、ぼんやり外を眺めながらビールとウイスキーを飲んだ。

部屋に戻ったのは午前二時過ぎだった。マユの部屋をのぞくと、夕方、新しいシーツに替えて寝かせたベッドの上で、いつものように向こう向きに横になっている。室内の臭気も気にならない程度で、Ｔシャツも濡れていなかったのでそのままにした。穏やかに眠っている横顔をしばらく眺め、カツヤは自分の部屋に戻った。新しく借りてきたビデオを見る気力がなかった。ベッドに仰向けになって目を閉じると、すぐに眠りに落ちた。

翌日、カツヤは十時の開店前に遊技場に行き、モーニングサービス台を狙って行列に並んだ。優秀サービス台を引き当てることはできなかった。夕方、食事がてら部屋に戻った以外は丸一日店にいて、差し引き一万円ちょっとの儲けだった。換金所で金を受け取ると、いつものバーで三時過ぎまでビールとウィスキーを飲んだ。酒を体に染み込ませ、意識の芯をぶよぶよにしなければ、次の瞬間に自分が何をしでかすか分からなくて、不安で居たたまれなかった。

店を出て途中で何度も吐きそうになりながらどうにか部屋に戻った。キッチンの明かりを点け、水道から水を飲んでいると吐き気が込み上げ、流し台に胃の中の物をぶちまけた。口をすすぎ、体を起こそうとすると再び胃がうねり始める。三度嘔吐を繰り返し、やっと流し台を離れた。

マユの部屋に入ると、熱も臭いも気にならず、前の晩からずっと時間が止まっているような感じがした。むしろ、自分自身の体から発する臭いが、部屋を汚しているようだった。ベッドの脇に立って見下ろすと、寝息も静かで額には汗も浮かんでいない。この五日間、風邪薬と併用させてはまずいだろうと思って、比嘉から渡された錠剤は与えていなかった。このまま与えずにおけば、体力を回復して元の生活に戻れるのだろうか。そういう考えが浮かぶ。そんなことはありえなかった。ここまで来てしまえば、たとえ体力は戻っても、心は元に戻れない。

松田の話では、マユの行方が知れなくなっても、母親は何の対応もしていなかった。元に戻ろうにも、もう戻る場所がないだろう。カツヤはTシャツの襟元から手を入れ、背中の傷にそっと触れた。火傷の痕は少し湿って冷たかった。この傷のように潰されてしまったのだ、あり得た色々な可能性が。寝ているマユも自分も同じだ、という思いが湧いてくる。

マユを哀れむ振りをして、自分を哀れんでいるだけではないか。今さら何を悔やんでも無駄だ。カツヤは胸の中でつぶやき、壁に手をついて体を支え、自分の部屋に行った。ベッドに座り、リモコンでテレビをつけると、ヤンバルの森を空中撮影した映像が画面一杯に映る。鮮やかな新緑が複雑な起伏を作って山々を覆っている。沖縄民謡を現代風に変えた音楽が、森の映像に重ねて流れている。カツヤは画面を眺め、中学二年になったばかりのある日のことを思い出した。

日曜日の朝だった。一人で家の近くの道を歩いていたカツヤのそばに小型のバスが止まった。車体に学校の名前が書かれているのを見て、カツヤは身構えた。助手席の窓が開いて、声をかけたのは一年のときの社会の教師だった。他の教師と違い、その教師だけがカツヤを変な目で見なかった。

「これからヤンバルの森に行くんだが、よかったら一緒に行かないか。五時までには帰って来られるから。今、新緑がとてもきれいなんだ」

それは思いがけない言葉だった。他の教師だったら、同じ言葉をかけられても無視して歩き続けたはずだった。しかし、カツヤはその教師の言葉が素直に嬉しかった。これといって予定はなかった。バスの中でカツヤを見ている生徒たちと開いたドアを交互に見て、どうしようか迷った。自分一人だけ場違いなのは明らかで、気まずい思いをするのが予想できた。それでもカツヤが車に乗ったのは、社会の教師が授業で話した、米軍の特殊部隊が訓練をしているという森を見てみたいからだった。

カツヤが乗り込むと、バスは発進した。二十人ほどが乗れるバスはほぼ満員だった。一番近くの空席に腰を下ろすと、一人で座っていた男生徒は窓の方に体を寄せて、外に目をやったままカツヤを見ようとしなかった。乗っているメンバーは、新年度の生徒会役員やクラスのリーダーが中心のようだった。社会の教師が生徒会の顧問をやっていたのを思い出し、役員の研修かレクリエーションに行くのだろうとカツヤは思った。自分が乗り込むまでは和やかな雰囲気だっただろうに、みな気まずそうに黙っているのを見て、降りよう、と思った。こうやって半日を過ごすのは耐えられなかったし、甘い期待をどこかに持っていた自分への怒りが起こっていた。

そのとき、運転席の横に座っている社会の教師が、後部座席に身を乗り出してカツヤに話しかけた。森に棲む生物や草木を絵入りで解説した手作りのパンフレットを渡し、今の季節のヤンバルの森がどれだけ素晴らしいか説明を始めた。カツヤに向かって話していたが、他の生徒も聴いていた。熱心に語りかける教師の顔を見てカツヤは、降りる、と言い出せなくなった。二年生になってクラス担任や授業の受け持ちが変わり、教師からこんなに話しかけられたのは久し振りだった。

社会の教師は、専門は歴史だが、大学時代にワンダーフォーゲル部に入っていたと言い、山中で一人でキャンプすることもあると話した。ヤンバルの地理や動植物についての知識も豊富で、自分の経験をもとに話すので、カツヤも興味を持てた。

そのうち何名かの女生徒のリードで歌が始まり、カツヤも後ろから配られてきた手作りの歌集をもらって、小声で歌った。それが他の生徒たちには意外だったらしい。直接話しかけてくることはなかったが、最初の緊張はなくなって、冗談や笑い声が飛び交い始める。小学校の頃まで、ごく普通にそういう輪の中にいたのに、中学に入って比嘉のグループに引きずり込まれてからは、心から笑うことさえなくなっていた。

何がどこで狂ってしまったのか。ほんの少し何かが違っていれば、自分も最初からこのバスの中にいて、何のわだかまりもなく笑ったり、歌ったりしていたかもしれないのに。そう考えると、悔しさとも寂しさともつかない気持ちが込み上げてくる。カツヤはその感情を抑え込んだ。自分の態度一つでバスの中の雰囲気が壊れることを気遣い、目立たないようにしていようと思った。短い一時であっても、中学生なら当たり前の、この雰囲気の中に浸っていたかった。隣に座っている上級生がカツヤに示す態度は不愉快だったが、我慢するだけの心の余裕がその日はあった。

社会の教師は、時折助手席から腰を浮かせて後ろを向き、道路沿いの地形や植生、海岸の特徴などをみんなに説明した。カツヤが退屈していないか気を遣いながら、特別扱いはしないで自然に振る舞っている。それがカツヤには嬉しかった。

目的地の国頭村の林道には、二時間近くかかって着いた。ダムの近くにある空き地に車を停め、社会の教師が先頭に立って山道を登り始める。一列になって進んでいく生徒の最後を歩くカツヤを、運転手をしていた体育の教師が背後で見ている。直接授業を受けたことはなかったが、校内でカツヤたちを見る目が冷たくて、何かあればすぐに注意をしようという腹が読める男だった。社会の教師がカツヤに声をかけたので仕方なく相手をしてやる、という雰囲気が伝わってきて、カツヤはずっと無視していた。

初めは大したことなかった山道は、十分ほど歩くと傾斜がきつくなり、幅も狭まった。大雨でえぐられたのか道を縦に切り刻むように溝ができ、歩くのが困難になった。女生徒たちが大げさに声をあげ、男生徒に助けを求める。まわりに冷やかされながら何組かが手を取り合う。カツヤは自分が羨望を感じているのを振り切るように足を速めた。日頃一緒に行動している比嘉たちとは、まるで違う関係がそこにはあった。それが普通の中学生の姿なんだ、と考えている自分が、この一年で一気に歳を取ってしまったようだった。

カツヤは前の生徒たちを次々と追い越して山道を登った。いつの間にか、先頭になってみんなを引っ張っている社会の教師のすぐ後ろを登っていた。

「さすが空手をやってるだけあって、足腰が強いな」

社会の教師が振り向いて笑いながら言った。どうして知っているのだろう、と不思議だったが、ひとりでに笑みが浮かんでいた。教師はカツヤを試すように登るスピードを上げた。カツヤは必死に食らいついた。他の生徒たちは遅れていき、山頂近くまで来たときは、二人だけになっていた。

「ここからは急だからな、このロープにつかまって登っていくぞ」

立ち止まってカツヤの様子を確かめ、教師は岩に打ち込まれた金具で要所を固定されたロープをつかみ、足場を確かめて登り始める。カツヤもすぐに後に続いた。目の前の登山靴に遅れないように顔の汗も拭わないで登っていると、灰色の岩の上で急に登山靴が止まった。顔を上げると、教師が後ろを見るように促した。

薄く霞がかかった青空の下で、固い樹皮を突き破って噴き出した新緑は、黄緑だけでなく、金色や黄色、赤茶色の葉もあり、艶やかに光を跳ね返している。木々の芽吹く勢いで山が盛り上がり、沸き立っているようだった。木々の一枝一枝が声をあげ、はるかに広がる山々にその声が響き合う。

「どうだ」

茫然と見ているカツヤに社会の教師が声をかける。カツヤは言葉もなくうなずいた。再び登り始めた教師について、山頂まで一気に登った。他の生徒たちが登ってくるまで、五、六分の時間があった。山頂といっても、沖縄の山の高さなどたかが知れている。標高は三百五十メートルほどしかなかった。しかし、そんなことはどうでもよかった。何キロにもわたって広がる樹海を目にするのは、カツヤにとって初めての体験だった。陽に輝く緑の下に、無数の生命があふれかえっている。その実感が息苦しいほどにカツヤを襲い、思わず身震いした。

その生命の中に、顔に迷彩色を施し、一本のアーミーナイフを手に移動している米軍の特殊部隊員もいる。カツヤは教師に、この森でサバイバル訓練をしてるのか、と聞いた。教師はカツヤの目を見て、少し意外そうな表情を浮かべ、北の方を左から右へ指さした。あの辺り一帯はすべて米軍の演習場なんだ、と言う。それまでたんに新緑が広がっているだけに見えた場所が、急に深い神秘的な色合いを持つ森に変わっていく。

「ただな、今でも訓練はやってるだろうが、もうベトナム戦争の頃のような特殊な訓練はやってないだろうな」

カツヤは失望感を覚えながらも、その言葉を予想していたような気もした。カツヤは森を見つめ、樹海の下に身を潜める兵士を想像した。木々の発するむせ返る匂いと湿気の中で、森に同化していた兵士が擬態を解いて姿を現す。背後から敵に近づき、羽交い締めにして、ナイフで頸動脈を切る。顔にかかる血の熱さと、腕の中でもがく男の体から伝わる痙攣。

下から女生徒の悲鳴が聞こえた。後続の生徒たちがすぐ近くまで登ってきていて、女生徒の一人が足を踏み外したらしかった。

「大丈夫か」

社会の教師はカツヤのそばを抜け、急いで助けに向かった。手を引かれて山頂に登ってきた女生徒を見たとき、わざとやったな、とカツヤは思った。女生徒はカツヤの視線を無視し、教師の手を握って、後から登ってくる生徒たちを迎え、笑い声をあげている。カツヤは狭い空間の端に行って、歓声をあげている輪から離れた。

米軍の演習場一帯を見ると、新緑の上を雲の影が移動していく。森の発散する水蒸気で大気が透明感を増しているようだった。まわりの山々で鳴く鳥の声が聞こえる。春の陽光が樹間に差し込み、飛翔する鳥の羽根を輝かせる。虹色の光が木々の間を流れる。

もし今、自分が虹の鳥を目にしたら、帰る途中でバスは事故を起こし、自分以外はみんな死んでしまうのだろうか。山頂にひしめき合って、新緑に賛嘆の声をあげている生徒たちや二人の教師を見ながら、カツヤは思った。樹海から舞い上がった虹の鳥が、青空に大きな半円を描く。

それはしょせん想像でしかなかった。虹の鳥が姿を現すことはなかった。たとえこの森のどこかに、本当に虹の鳥がいたとしても、自分には見ることができないだろう。そう考えると、心が急速に冷えていった。

山から下りて、近くの自然公園で昼食をとったとき、カツヤは何名かの女生徒から弁当を分けてもらった。礼を言って受け取ったが、一緒に食べようと誘われても、うなずくことができなかった。表だって反発は見せなかったが、快く思っていないのは当然だった。そのことへの後ろめたさが自己嫌悪を募らせ、まわりに殻を築いてしまう。小学校の頃なら、そういうカツヤの性格を同級生たちも知っていて、殻を破る手助けをしてくれた。だが、中学校ではそれは望めなかった。比嘉のグループの一員と見なされてからは、無視されて逆に殻は強固になった。カツヤ自身その殻を破る気力は失せていて、他人を当てにする気持ちも毛頭なかった。

帰りのバスの中で、同席していた男生徒が後ろの補助席に移り、一人きりの席でカツヤは、ずっと窓の外を見ていた。車内で次々に歌われる歌声が疎ましくてならなかった。社会の教師は疲れたのか、帰りは一度後ろを向いてみんなの様子を確かめただけだった。

沖縄市に帰り着き、カツヤは朝に乗った場所でバスを下りた。助手席の窓を開けて、社会の教師は笑いながら、また行こうな、と声をかけてくれた。走り出すバスの中から何名かの生徒が手を振っているのが見えた。それが社交辞令であっても、嬉しいと感じる自分の気持ちを大切にした方がいいとカツヤは思い、うなずいて小さく手を挙げた。明日の朝、目を覚ますと全てが変わっていて、他の生徒と同じような中学生活を送ることができる。そういう夢想が心をよぎった。

翌日、登校したカツヤに話しかける同級生はいなかった。バスで一緒だった生徒会役員たちも、校内で顔を合わせると完全に無視した。その後、カツヤは比嘉のグループの一員として校内での自分の居場所をはっきりさせ、同級生に対しても容赦しなくなった。

新年度になってから、比嘉が卒業したことをチャンスと見た教師たちは、学校の改革に踏み出していた。運転手を務めていた体育教師も中心メンバーの一人で、他に新しく赴任してきた

三、四名の教師たちが中心となって、学校改革を進めていた。市の教育委員会が動いて、腕っ節の強い教師を赴任させたという噂が、生徒の間に広まっていた。圧倒的多数の生徒たちは、教師たちの改革が成功することを願っていた。しかし、誰もそれを表に出しはしなかった。

ヤンバルの森を見てから二週間ほど経って、一年生の保護者が金銭巻き上げの件を学校に訴えてきた。それをきっかけにして、学校全体で調査が行われた。朝のショート・ホームルームで、無記名のアンケート用紙が全クラスに配られ、すぐに回収された。翌日の放課後、カツヤは生徒指導室に呼ばれた。ヤンバルの山に登ったときに運転手を務めていた体育教師と、他に二人の生徒指導の教師がいた。

上納金制度というのがこの学校にはあるらしいが、それを絶対に潰してみせる。体育の教師はそう豪語した。それから連日、放課後や時には授業中にも呼び出されて、カツヤは事情聴取を受けた。しらを切るカツヤに体育教師は何度か手を出した。カツヤは反抗しないで、冷静に状況を観察していた。それが比嘉の指示でもあった。卒業しても、上納金制度の頂点に比嘉がいることは変わらなかった。口を割ったあとに比嘉から受ける制裁を考えれば、体育教師の暴力など何でもなかった。カツヤ以外にも、事情聴取を受けている二年生や三年生は四十名以上いたはずだったが、口を割る者はいなかった。業を煮やした生徒指導部の教師たちは、彼らが中心メンバーと見なした、カツヤと数名の生徒に集中的に圧力をかけ始めた。そういう最中、比嘉からその数名のメンバーに招集がかけられた。

集まった場所は、母親が明け方まで飲み屋で働いている川満という三年生のアパートだった。三月に卒業した比嘉と栄野川の二人を中心にして、その場に招集された二年生と三年生が三名ずつ二班に分けられた。カツヤは比嘉の班だった。班分けのあとの説明は栄野川が行った。生徒指導部の主任をしているベテランの国語教師と、上納金制度を潰すのに一番熱心な体育教師の二人を脅す方法を、家族構成や住居、生活の様子を含めて説明した。栄野川が示した一人ひとりの役割を、カツヤは頭に叩き込んだ。国語教師を栄野川の班が担当し、比嘉の班が体育教師を担当することに決まった。

決行の日、カツヤは朝から学校を休んで、お昼過ぎに待ち合わせの場所に行った。比嘉とカツヤ、川満と儀間の三年生二人の他に、比嘉の友人という二十歳前後の男がいた。その男が運転する車に乗り、体育教師の住むアパートに向かった。毎日三時頃、教師の妻は三歳の女の子を連れて、近くのスーパーに歩いて買い物に行く。買い物をした帰りに、アパートに隣接する公園で一休みして、子どもを遊ばせるのが日課になっていた。

車内で計画を再確認し、アパートから五十メートルほど離れた場所で、カツヤと比嘉、川満と儀間でペアを組んで車から降りた。運転手はすぐに車を移動させた。二手に分かれて、アパートが見えるところに立ち、雑談をしている振りをして機会をうかがった。

教師の妻が子どもを連れてアパートから出てきたのは、三時少し前だった。栄野川の言うとおり、買い物をすませるとスーパーの袋を提げて公園に入り、ベンチに座って子どもの手を離した。滑り台とブランコ、砂場があるだけの小さな公園は、まだ出来て間がないらしく、幹を布で保護された木はわずかな緑しかない。昼下がりの住宅街は通る車や人も少なかった。公園にいるのは母子二人だけで、それも計算通りだった。比嘉が合図して歩き出し、カツヤはあとについて公園に向かった。三十メートルほど離れた路地にいた川満と儀間も小走りで向かってくる。

低い金網で囲われた公園には、入口が二ヶ所あった。比嘉は母親の背後の入口から公園に入ると、ベンチのそばを過ぎ、砂場で遊んでいた女の子を抱きかかえた。柵を越えてきた川満と儀間が、声をあげるより先に母親の口をふさぎ、体を押さえ込む。足早にトイレに入る比嘉のあとをカツヤは追った。男子トイレの中で、胸の前に抱いた女の子の口を押さえて、比嘉はスカートをまくり上げ、下着を引き下げた。カツヤはポケットから取り出した赤い油性マジックの蓋を取って、丸く膨れた白い腹に「コロス」と書き殴った。コンクリートの床に女の子を投げ捨てる直前、比嘉の中指が幼い性器に半分近くまでねじ込まれるのをカツヤは見た。床に頭の当たる大きな音がし、逃げながらカツヤは振り返って女の子を見た。女の子は体を横たえたまま、泣きもしないで震えている。膝のあたりにずり下がった何かの絵が描かれた白い下着と、青い痣のある小さな尻がカツヤの目に焼きついた。

トイレから出て公園の柵を跳び越すと、カツヤは住宅街に入り、区画整理された道を走った。比嘉と他の二人の様子を確かめる余裕はなかった。逃げるときは四人バラバラになり、追ってくる者がいないときだけ集合地点に行くことになっていた。公園に入ってから出るまで、一分もかかっていないはずだった。追尾者がいないことを確認し、県道に出てタクシーを拾い、二度乗り換えて集合地点に行った。比嘉と川満、儀間はすでに車に乗っていた。カツヤが乗ると、運転手の男は下手くそな鼻歌を歌いながら発進した。川満のアパートで栄野川の班と合流し、計画通りにいったかどうかを点検した。手抜かりはなかった。それから、夕暮れの街に出て、手分けして公衆電話から生徒指導部の教師たちの家に無言電話をかけまくった。

翌日から体育教師の態度は急変した。生徒指導の中心となっている他の教師たちも同じだった。表向きは指導の手をゆるめていないように見えても、教師たちが比嘉を恐れているのは明らかだった。卒業しても比嘉が校内のグループに影響力を持っていて、たんなる中学生の不良とはやることが違う。教師たちはそういう認識を持ち、比嘉の行動がエスカレートすることを恐れたはずだった。

警察が動かないか、カツヤは内心不安だったが、その様子はなかった。生徒指導室に呼び出されて追及されることもなくなった。体育教師の妻がカツヤの顔を確認したかどうかは分からない。ただ、その日休んだカツヤも、比嘉と一緒に行動したと見られているのは間違いなかった。

生徒指導部以外の教師も、それまで以上にカツヤを無視するようになった。ヤンバルの森に連れて行ってくれた社会の教師も例外ではなかった。目を合わせようともしない社会の教師の態度に、当然だとは思っても、寂しさを感じずにはいられなかった。そういう自分の感情を振り切るようにして、カツヤはますます荒れていった。

二年の夏休み前には、学年全体の上納金を取り仕切るようになった。登校はしても授業は半分も出なかった。担任は臨時の若い女性教師で、カツヤに形だけの注意しかできなかった。家では、父と母は顔を合わせれば口論になる有様で、それぞれ自分の会社や店のことに追われていた。そういう二人の顔を見たくなくて、カツヤは夜も遊び回り、外泊を重ねた。

テレビの画面はヤンバルの森からヨーロッパの城の風景に変わっていた。クラシック音楽が流れる中、飛行機から撮影された古城が次々と映し出される。カツヤは目を閉じ、夜の森に飛び立つ翼の音を聞こうとした。

虹の鳥を見たかった。その鳥を見れば自分だけ生き延びることができ、部隊の他の仲間は全て死んでしまうという虹の鳥を。カツヤにとって部隊とは、比嘉やその仲間のはずだった。ヤンバルの夜の森を七色の光の粉をまき散らしながら、極彩色の鳥が舞うのを目にすることができたら……。その時こそ、全ては変わるはずだ。

下らない夢想にふけっている自分を嘲笑う声が聞こえてくる。そんなことは起こりえなかった。虹の鳥なんて、あの臆病な社会の教師が知ったかぶりして口にした作り話に過ぎない。カツヤは拳で宙を突くと、体を起こしてベッドから降りた。

マユの部屋に行きベッドのそばに膝をついた。タオルケットを腰まで下げ、うつ伏せに寝ているマユのTシャツをめくり上げる。肩胛骨の上で広げられた翼の風切り羽根が、右の肩と左の脇腹に伸び、長い尾が腰に巻きついている。高く舞い上がろうとする鳥の力強い鳴き声が聞こえてきそうだった。鋭い爪は皮膚を引き裂きそうで、赤や朱やオレンジ、青、黄、緑、紫と羽根の一枚一枚が微妙に色合いを変え、その色彩の変化は七色では収まらなかった。カツヤは艶を帯びた色彩を腰から背筋に沿ってなで、左右の肩胛骨に両のてのひらをあてた。痩せてはいても肌は吸いつくように滑らかだった。

カツヤはタバコの火で焼かれた痕を見た。これが俺の目にできる虹の鳥か。盛り上がった肉は、傷ついた肉体につなぎ止めておくために、鳥の頭部に打ち込まれた太い釘の頭のようだった。カツヤはTシャツを下ろし、肩までタオルケットをかけた。蛍光灯を消し、静かに戸を閉める。

冷蔵庫からミネラルウオーターを取って部屋に戻った。本棚に置いたウイスキーと水を交互に飲み、机の引き出しからクスリのシートを出して銀紙を破った。二錠をてのひらに転がしてかみ砕き、さらにウイスキーをあおって、カツヤは借りてきたビデオをセットした。ベッドに腰を下ろすと、予告編を早回しして本編を見た。

ソ連の森林地帯の奥地に隕石が落下する。それを調査に行く隊員たちを描いた旧い映画だった。落下の衝撃でなぎ倒された木々が何キロも続く異様な空間に入り込んだときから、五名の隊員たちは同じ幻覚に襲われる。

それは地球に生物が発生して以来繰り返されてきた闘争と殺戮の歴史を圧縮したものだった。隊員たちはいくつもの地域や時代を、兵士として、あるいは人間以外の生物に姿を変えて、果てしなく戦い続けていく。槍や斧で戦う数百年前の戦争のあと数万年前の狩猟の場面に変わり、いつの間にか数千万年前の別の生物としての生存競争に巻き込まれている。時代と場所が目まぐるしく変化し、空間がねじれ、色彩がどぎつくなったかと思うと物の輪郭が滲みだし、色も形も崩れて別の生き物の目に映った世界のように変わっていく。

カツヤは自分の見ているものが、隊員たちが幻覚として見ている世界としてのビデオの映像なのか、薬による自分自身の幻覚なのか判断がつかなかった。全身がだるくて、すでに眠りに落ちていて夢を見ているようでもある。音も色彩も激しく揺れて歪み、流動する幻覚の中で、人間同士や人間と他の生物、動物や鳥類、魚類、昆虫、植物などあらゆる生物が殺し合い、繁殖し、さらに殺し合う。倒れていた巨木が見る間に元に戻り、極寒の地から熱帯に変わり、むせ返るような熱気と湿気が立ちこめる森の中で、何十万、何百万という闘争が行われる。爬虫類や昆虫、植物の闘争が次々と映し出され、それらが古代の生物に変わり、海中と空でも闘争が繰り広げられる。奇怪な形の魚やイカや魚竜が互いの肉を食い散らしながら血の色をした海を泳ぎ、目まぐるしく色を変える空を巨大な鳥が飛び、ホタルの群のように光を放つ巨大なクラゲを嘴と爪が引き裂く。

そして最後に幻覚の中で隊員同士が殺し合い、倒れた体を獣や虫やバクテリアが食い尽くす。最後の一人が自ら命を絶ったあと、その肉をついばんだ鳥の群れが暗く曇った空に飛び立ち、倒れた木々の上を越えていく。やがて森の彼方に高層ビルが林立する都市が見えてくる。ビルの上を飛んでいく群れから離れた一羽の瑠璃色の小鳥が、ビルの谷間の公園に置かれた乳母車に下りる。笑いながら手を伸ばす赤ん坊の指にとまった小鳥の目にカメラが近づき、黒い目の奥に深い森が現れ、赤ん坊が見る間に大人になって巨木の下に真裸で立っている。うなだれた右手には血のついたナイフが握られている。

赤ん坊の名を呼ぶ母親の声が聞こえ、画面が無邪気に笑う赤ん坊の顔に変わる。母親の差し出した手に小鳥が飛び移り、母親の驚く声と赤ん坊の笑い声が聞こえる。母親の押す乳母車の屋根に止まって、瑠璃色の小鳥が美しい声でさえずる。首を傾げて鳴いた小鳥の顔が、一瞬薄気味悪い笑みを浮かべたように見える。紅葉の美しい公園の道を、アパートに向かって歩いていく母子の後ろ姿を映して映画は終わった。

エンドロールが終わり、青い調整画面も終わって砂嵐になっても、カツヤは薄笑いを浮かべたまま画面を見つめ続けた。体はすでに死んでいるのに、目だけがまだ生きていて脳に映像を作り出している。ビデオの赤ん坊が、足元から這い寄ってくる。逃げようとしたが体が動かせず、声も出せない。どうにか瞼を下ろすことができ、腿に置かれた赤ん坊のてのひらと膝の感触に必死で耐えていると、ビデオテープの巻き戻しが自動で始まる音が聞こえる。赤ん坊の感触が消えていく。脳裏に浮かびかけては形をなさないまま揺れ動いている映像が闇に吸い込まれていくとともに眠りが眼の奥に広がっていった。

翌日、十一時過ぎに目が覚めた。頭痛が酷くなかなか起きることができなかった。ベッドから降り、ドアのノブにつかまって立ち上がった。流し台の水道から大量の水を飲んで、トイレに行って吐いた。洗面台の水道からさらに水を飲み、便器に手をついて吐き続ける。吐き気が収まったあとも、頭痛は続いていた。流し台の引き出しから頭痛薬を取り出して飲んだ。

比嘉に金を納めるのは五時だった。その前に現金を用意しなければならなかった。シャワーを浴び、ジーンズにTシャツを着てマユの部屋に行く。カーテンと窓を開け、淀んだ空気を換気した。女を住まわせてから開けていなくて、外気を直接入れるのは三ヶ月ぶりだった。冷蔵庫から牛乳を取り、カップに注いで部屋に運ぶ。風邪薬は混ぜなかった。吹き込む風にカーテンが揺れる。肩を軽く揺すると、マユは頭を起こして起きあがろうとする。右の肘で体を支えようとして、途中で動きが止まったまま体を震わせている。カツヤは背中に手を回して抱え、ベッドに座らせた。牛乳の入ったカップを口元に運ぶと、青い血管の浮き出た白い手がゆっくりと持ち上がり、カップの底を支える。カツヤはそっとカップを渡した。マユは五分程かかって牛乳を飲み干した。

カツヤは衣装ケースからタオルを取って流し台で濡らし、軽く絞ってマユの全身を丁寧に拭いた。桜色になった背中に鳥の色が浮き上がる。長い尾がゆるやかに弧を描き、腰や脇腹に光の粉が輝きだす。緑色のカーテンが揺れるたびに、鳥の色も微妙に変化する。顔さえ潰されていなければ、と悔しかった。

ふと、マユを車に乗せて逃げてしまえたら、と思った。逃げる？　いったいどこへ……。丸く盛り上がった火傷の痕を、虹の鳥に打ち込まれた太い釘のようだと思った前夜の記憶がよみがえる。自分にも、マユにも、太い釘が打ち込まれている。それを抜く力はなかった。カツヤは新しいTシャツをマユに着せ、布地の上から背中をなでた。マユはまぶしそうに目を細めて窓の外を見ている。今日までは部屋で寝かせよう、と思いマユをベッドに横たえた。タオルケットをかけると、マユはすぐに寝息を立てる。エアコンを二十五度に設定し、窓とカーテンを閉めて玄関を出る。駐車場に下りると、秋晴れの空が気持ちよかった。助手席にマユを乗せて海にでも行けたら、という考えが浮かぶ。何もかも投げ出して、一日ぼんやり海を眺めていたかった。腕時計を見ると十二時半を回っている。カツヤは車に乗り込み、逃避願望を消してエンジンをかけた。

五八号線を北上し、泊から浦添へ車を走らせながら、いつも以上の車の多さに驚いた。乗用車はもとより、観光バスがやたら多かった。日差しを跳ね返すボンネットの上に陽炎が揺れている。米軍基地の金網沿いに植えられた夾竹桃の花の濃いピンク色が、毒々しいくらい鮮やかだった。渋滞は那覇市を出ても続いた。五八号線から右折して浦添市内を抜け、宜野湾市に向かうバイパスに出る。そこも酷い渋滞で、時計に目をやっては舌打ちを繰り返した。真栄原から三三〇号線を普天間に向かい、母親の喫茶店に着いたのは二時前だった。

店内に入るといつもより客が少ないのが目についた。カウンターの中に立ってテレビを見ていた母親が、嬉しそうにカツヤを見る。客が少ないな、と言うと、これのせいさ、とテレビの画面を指さす。芝生の広場にプラカードや旗を手にした人たちが座っている。帽子やタオルで日差しを遮り、演壇を見つめている顔は、どれも真剣そのものだった。ヘリコプターから映された映像に画面が変わると、四角い広場が人で埋まっている。それまでカツヤが見てきた集会とは人数が圧倒的に違っていた。

「何か?」

カツヤが聞くと久代は、知らないのか、というような顔で見た。

「アメリカ兵に暴行された小学生がいたでしょう。あれの抗議集会さ」

前に店に来たときに見たデモのことを思い出した。比嘉やマユのことにかかりきりで、新聞やテレビを見ることもなかった。その間に事件はどんどん展開していたらしかった。テレビに映る会場の様子から、宜野湾市内のコンベンションセンター近くで集会が行われていることに気づき、ここに来るまでの渋滞もこれに参加する連中のせいだったのか、と思った。

「おかげで客も少なくてね。普段は集会とかデモとか馬鹿にしてる連中まで騒いでるものだから、まったく、訳分からんさ。悪《やな》アメリカーが要らぬことして、商売の迷惑さ」

「自分の商売のことしか考えんの?」

調理場から顔を見せた仁美が母親に言った。

「久し振りだね、カツヤ」

アイスコーヒーを持ってきて、カツヤの前に置きながら仁美が笑いかける。姉と会うのは二ヶ月ぶりだった。仁美の腹部を何気なく見ると、かなりふくらみが目立っている。

「来年の二月だよ、予定は」

カツヤの視線に気づいて、仁美は自分から言った。

「マサトは？」

三歳になる甥のことを聞くと、この集会に参加してるさ、とテレビの画面に目をやる。家族三人で参加するつもりだったが、夫の政文は仁美の体を気遣って店に残るように言い、マサトを連れて二人で出かけたのだという。アルバイトの金城も集会に参加するため五時まで休みを取っていたので、仁美が店を手伝っていたらしい。

「体を動かさないとね。かえってお腹の子に悪いから」

そう言って仁美は、カウンターの中の椅子に腰を下ろした。仁美は短大を出たあと、一年間臨時教員をしながら教員採用試験を受けていた。仕事が忙しすぎて受験勉強の時間が取れなかったらしく、一次試験で落ちていた。そのときに職場で知り合った政文と結婚し、マサトが生まれて今は主婦業に専念している。二人目ももうすぐだったが、まだ教員になることをあきらめてはいなかった。

「小学生に……。ひどすぎるね」

小学校で教えていた仁美にとって、事件が与えた衝撃の大きさは、カツヤの比ではないはずだった。それだけではなく……、公園でうずくまって泣いていた小学生の姉の姿が脳裏に浮かんだ瞬間、カツヤは記憶を断ち切った。気づかれないように静かに息を吸って、吐き、カウンターの上に置いた自分の手を見つめる。思い詰めたような表情でテレビを見ている仁美に、久代が皮肉っぽい口調で言った。

「子どもに手を出すアメリカーも悪いとは思うけどね、でもあれだね、夜から小学生を一人で買い物に行かせる親も悪いんじゃないかね。基地のそばで何十年も生活してきて、それくらいのことも分からないのかね」

久代の顔を見つめて、仁美が食ってかかった。

「そんな言い方はないでしょう。悪いのはアメリカ兵さ。相手は子どもだよ。被害者に落ち度があるみたいな言い方をするのはおかしいさ」

仁美の口調のきつさに、久代は一瞬たじろいだが、納得はしていないようだった。

「小学生に手を出すアメリカーが悪いことくらい、うちらみたいな者でも分かるさ。でも、普段はアメリカー相手の商売をして、軍用地料もらって、基地のおかげで喰ってる者たちまで、騒ぐのはうちらには理解できんさ」

「だからといって、何をされても黙ってるのは、もっとおかしいさ」

仁美の目は本気で怒っていた。

「いくら集会しても、何も変わらんさ」

久代はそう言い捨てた。反論しようとする仁美を無視して、久代はカツヤに話しかけた。

「何がいい？　お昼はまだでしょう」

カツヤが、カレーでいいよ、と答えると、母親はうなずいて調理場に向かった。

「仕事はしてるね？」

仁美がカツヤの前に立って話しかける。久代との会話に不満を残したままで、表情が晴れなかった。小言にならないように気を遣っているのが分かった。

「ああ、アルバイトだけど」

そう答えて、アイスコーヒーを手にしたカツヤの横顔を仁美は見つめている。カツヤは、嘘を見抜かれている、と思った。二人の兄に反発して育ったのは、カツヤも仁美も一緒だった。ただ、その進み方はまったく違っていた。仁美は高校を卒業すると九州の短大に進学し、入学金は親に出してもらったが、授業料と生活費は全て奨学金とアルバイトでまかなっていた。久代や宗進が送金しても送り返すくらい徹底していて、それには両親ともにいい顔はしていなかった。

小学校教員の資格を取って沖縄に帰ってきてからも、家には戻らず、アパートを借りて独り暮らしを続けていた。政文と結婚するときも、披露宴をやる、やらないで、両親と大喧嘩していた。仁美は自分の意向を貫いて、結納をかねた親族の食事会を開いただけですませた。自分が決めたことをやり抜く意志の強さに、カツヤは子どもの頃から仁美に羨ましさと引け目を感じていた。

カツヤは、ゲームをしている客が二人しかいない店内に目をやった。仁美は何か言いたそうだったが、カツヤが避けているのを見て、テレビに視線を移した。カツヤもテレビを見た。会場の入口付近でレポートしている若い記者が、興奮した口調で集会の盛り上がりを強調している。カメラが道路の方に向けられると、交差点を渡って会場に向かう人の波は、まだ途切れることなく続いている。子ども連れの家族も多く、守礼門に似た入口の前でハンドマイクで訴える声が聞こえている。

テレビを見ながらカツヤは時間が気になった。これだけの人が集会が終わって帰ると、今度は逆方向に大渋滞になるはずだった。そのことへの焦りに加えて、口にすることはなくても、姉もあの公園での出来事を思い出しているに違いないと考えると落ち着かなかった。頬の傷について何も言わないのも、かえって気になった。久代がカレーライスとアイスコーヒーのお代わりを持ってきた。カウンターに置かれた皿を手元に引き寄せ、カツヤは黙って食べた。

「今日は商売にならないね」

久代が溜息をつく。カツヤが五分ほどで食べ終わると、久代は呆れた顔で見た。

「ちゃんと食べてるね？　お代わりするね？」

カツヤは断った。久代は皿を調理場に片づけてカウンターに戻り、姉と一緒にテレビを見ていた。

画面には、顔に染みの多い老人がアップで映り、マイクを前に何か話している。その男が県知事であることくらいは、カツヤにも分かった。熱心に話を聞いている母と姉の様子を見て、その男が何か重要な話をしているのだろうと思ったが、意味を聞き取る余裕がなかった。

店まで来る間、車を運転しながら、どうやって金を借りるきっかけを作るか考え続けた。仁美がいたのは予想外で、考えていたことが無駄になってしまった。できるなら姉のいないところで話したかったが、今さら母親を外に連れ出すのも不自然だった。帰りも渋滞に巻き込まれるかもしれない、と考えると焦りが募る。カツヤはアイスコーヒーの残りを飲み干し、わざと音を立ててコップを置いた。カツヤを見た久代が、もっと飲むね、と聞く。カツヤは首を横に振ると、テレビを見ている仁美の横顔に視線を走らせてから、思いきって言った。

「金を貸してくれないかな」

自分に向けられる仁美の眼差しを無視して、カツヤは戸惑った表情の久代を見た。

「どれくらいね」

「二十万」

久代は数秒間黙ってカツヤを見た。カツヤは視線をカウンターに落として返事を待った。

「あとでキャッシュカードでおろせるように入れとくさ。それでいいね」

「急いでるんだ。今、現金で貸してもらえないかな」

カツヤを見つめていた仁美が、首を振って溜息を漏らした。髪をかき上げた仁美の手がカウンターに置かれる。握りしめられた手に仁美の気持ちが表れていた。カツヤは身構えた。

「カツヤ、あんたも結局、兄さんたちと一緒ね、情けないさ」

「お前と何の関係があるか」

カツヤの言葉に、仁美は驚いた表情を見せた。仁美にそういう口を利いたのは何年ぶりかだった。

「よくそんなことが言えるね。普通の人が二十万稼ぐって、どれだけ大変か分かるね」

仁美の口調は、むしろ穏やかだった。それがカツヤを余計に苛立たせた。

「要らぬ説教するなよ。緊急に必要なんだから……。今月中には返すさ」

「本当に返せるの」

姉の目を見返すことも、言葉を返すこともできなかった。

「あんた、本当はバイトなんかしてないでしょう。どうやって返すの？」

カツヤはうつむいたまま、握りしめられた仁美の手を見ていた。

「まさか兄さんたちみたいに、スロットマシンに手を出してるんじゃないよね?」

「何も分からんくせに、黙っとけ」

カツヤの声に、久代が店内に視線を走らせる。仁美は微動だにしなかった。背後で客がこちらを見ているのだろうと思うと、口出しをしている姉への苛立ちが限界に達しそうだった。それを察したように、久代が声を落として言った。

「今ここに二十万はないさ。銀行に下ろしに行くから、車に乗せてくれんね」

カツヤがうなずく間もなく、その言葉に仁美がかみついた。

「お母さん、カツヤまで駄目にするつもりね。昔から口では厳しいこと言うのに、いつも最後はそうやって甘やかして、兄さんたちを駄目にしてきたんじゃないね。お母さんもやってることは、お父さんと一緒さ」

父のことが出ると同時に、久代の表情が急変した。客のことを気にして押し殺してはいるが、久代の放つ言葉には毒気があった。

「あんたみたいに公務員の嫁になったら、うちも安心だけどね。世の中はみんながみな、あんたみたいに思い通りにはならないさ。沖縄は仕事がないんだから、カツヤが色々考えても、思い通りにならないときもあるさ。子どもが困ってるときに親が助けて何が悪いね」

仁美の耳たぶが紅潮し、唇がひくつく。直接見なくても、カツヤには姉のそういう表情の変化が分かった。

「公務員って、うちの旦那に何の関係があるわけ？　そうやって皮肉を言ったら気がすむわけ？　何なの、いったい、うちの兄弟は。学生時代から勉強もしなければ、資格を取る努力もしないで、親の軍用地料をあてにして、スロットマシンをやって、仕事がない、仕事がないって愚痴ばかりこぼして。仕事がなければ本土に働きに行ったらいいさ。うちの兄弟はみな腑抜けばっかりね。情けないさ」

すごい剣幕だった仁美の声が、最後は急に弱くなった。自分を見る姉の目に涙があふれそうになっていることを察し、カツヤは顔を上げられなかった。

「口ではあんたにかなわんさ。あんたみたいな立派な人間は、うちみたいな者から生まれて不満かもしれないけどね、だけど、自分一人で大きくなったと思ったら間違いさ。あんただって、親の軍用地料で育ってるんだからね」

久代はそう言い捨ててカウンターの下からハンドバッグを取って、出口に向かって歩きながらカツヤに声をかける。

「カツヤ、銀行まで送ってちょうだい」

椅子から降りたカツヤに仁美がかけた言葉は、声がうわずっている分、切実に聞こえた。

「カツヤ、世の中は変わるよ。自分の力で生きなさいよ。あんたならできるさ」

カツヤは黙ってドアを開け、外に出た。店の前に停めた車の横に久代が待っている。カツヤは運転席に乗り込んで、後部座席に乗るように母親に合図した。久代が乗り込む間、姉が追ってこないか気になったが、店のドアは閉まったままだった。そのことに寂しさのようなものを感じている自分に、比嘉への対応でも考えろ、と言い聞かせた。カツヤは車を県道に出した。考えまいとしても、仁美の言葉は残響のようによみがえった。

自分の力で生きなさいよ。あんたならできるさ。

短大に合格した晩に、カツヤの部屋にやってきた姉は、同じ言葉を口にした。三歳上の姉が希望にあふれて高校を卒業しようとしているとき、三年生になってほとんど授業を受けていなかったカツヤは、高校進学をあきらめかけていた。比嘉に紹介されたスナックで、年齢を偽ってアルバイトをやり、金を貯めて一日も早く家を出ることを考えていた。姉が大学に合格したことが、カツヤには自分のことのように嬉しかった。物心ついたときからいつも自分のそばにいて、守ってくれた姉のことを、カツヤは家族の中で誰よりも信頼していた。

それだけに、中学に入って体験していることを、姉には知られたくなかった。カツヤの入学と入れ違いに姉が卒業したことは、カツヤにとって救いだった。その一方で、もし姉の学年がもう一つ下で、カツヤが入学したときに三年生だったら、何かが変わっただろうか、と思うこともあった。

何も変わりはしなかった。仁美が九州に旅立ったあと、主の去った部屋に入って、仁美のベッドや机の上の小物を眺め、カツヤはつぶやいた。授業に出なくなり、生活が荒れていくカツヤを、仁美は毎日のように叱り、励ましていた。その言葉を無視し反抗しながらも、カツヤは内心では、自分を救ってほしい、と叫び続けていた。しかし、自分が陥っている状況を仁美に話すことはできなかった。仮に話したとしても、もう小学生の頃のように姉の力でどうにかできるものではなかった。むしろ、気の強い姉が比嘉に向かっていくことを恐れ、カツヤは何も言うまいと決めた。定員を大きく割った高校にどうにか入学したものの、一年ももたずに中退したとき、姉から手紙が届いた。それを読まずに破り捨て、直後、カツヤは家を出た。

後部座席に座っている久代は、銀行に着くまで、ずっと外を見て無言のままだった。駐車場に車を停めると、久代はハンドバッグを手に銀行の玄関に足早に向かった。十分ほどして戻ってきた久代は、座席に腰を下ろし、大きく息をついた。

「お金、何に使うね?」

金の入った封筒をハンドバッグから出して、久代が問いただした。

「友達が交通事故に遭って困ってるものだから……。貸してくれと頼まれて」

白々しい嘘だと思いながら、カツヤは答えた。

「スラグマシンはやってないよね？」

「やってないよ、あんなものは」

「あんたはお父さんや、兄さんたちみたいにならないでよ」

「やってないと言ってるだろう」

語調が荒くなったのに、久代が溜息をつく。

「人にお金を借りるのは簡単だけどね、返すときになると、自分が返さないのに逆恨みする人もいるくらいだから。あんたのことを言ってるんじゃないよ。ちゃんと相手から借用書は取っておきなさいよ。友達であってもね」

「分かってるよ、そんなことは」

くどくどと話を聞かされるのはうんざりだった。久代は後部座席から手を伸ばして、銀行の封筒を渡した。

「二十五万入ってるさ。五万はあんたの生活費にしなさい。返すのは無理しないでいいよ。少しずつでいいからね」

ああ、と言って、カツヤは胸の中に染み出す惨めさから目をそらし、助手席に封筒を置いて車を出した。

喫茶店の前に車を止めると、久代は下りる前に運転席のシートに手をかけ、カツヤに顔を近づけて言った。

「前にも話したけど、店で調理師の見習いしないね。バイト料も出すから、それから返していってもいいさ。手に技術持っていたら、何とかなるよ」

「考えておくさ」

金を借りた手前、そう答えた。

「ほんとに考えてちょうだいね」

久代はそう言い残して車を下りた。喫茶店に向かいながら、久代は振り向いてカツヤを見た。その視線から逃げるようにカツヤは車列に強引に割り込んだ。

車を走らせてから、いつもの習慣で普天間三叉路から五八号線に出ようとしていることに気づいた。集会の帰りの渋滞に巻き込まれないかと懸念したが、引き返してコースを変更するのは、時間を無駄にするだけだと思い先に進んだ。車は五八号線に出る前から進まなくなった。五時までには平和通りのビリヤード場に行かなければならなかったが、腕時計を見るとすでに三時半になろうとしている。普段でも夕方の帰宅ラッシュに巻き込まれると、那覇まで一時間半以上かかることがあった。路地に入って近道しようという考えはみな同じで、下手に入り込むと狭い道で動きが取れなくなりそうだった。

焦りを静めるために外に目をやった。米軍基地の中で、二人の米兵が金網越しにこちらを見ている。迷彩色の戦闘服を着て、警戒するように道路や歩道に視線を送っている。集会の規模の大きさに、米軍も緊張しているのだろうと思った。二人の背後には緑の芝生が広がり、平屋の住宅が並んでいる。きれいに刈り込まれた木麻黄や見事な枝振りのガジュマルの巨木。

子どもの頃、祖父母から聞いた村の話を思い出す。村の市場のまわりにはセンダンの木が植えられていて、その木陰は品物の売り買いや世間話をする村人たちでいつも賑わっていたという。祖父と祖母が出会ったのもその市場だった。市場の近くには、村人が拝み続けてきた拝所《うがんじゅ》があり、ガジュマルの巨木が枝を広げていた。甘い水の湧いたという泉や海から取ってきたサンゴの石垣。福木の屋敷森。神人《かみんちゅ》たちが夜通し神歌を歌って祈ったという御嶽《うたき》の森。それら全てが今は基地の中に消えて、滑走路や倉庫や住宅、芝生の空間に変わっている。

もし戦争がなく、米軍基地として強制接収されることがなければ、カツヤたちも金網の向こうの土地に生まれ育ったはずだった。そうだったら、今とはまったく違った人生を生きていたはずなのに……。カツヤの人生だけでなく、両親や祖父母、戦後の沖縄を生きた村の人々、全ての生き方が変わっていたはずだった。

だが、目の前には米軍基地の金網が続いている。現実はこの渋滞のように抜け出せなかった。いや、渋滞はいずれ終わる。しかし、目の前の基地が無くなることも、自分が陥っている状況から抜け出すことも、カツヤには想像できなかった。

世の中変わるよ。

姉の言葉がよみがえる。金網の内側の二人の米兵は、まだ二十歳にもなっていないように見える。磨き上げられた編み上げ靴や腰に装着した拳銃のホルダー。カツヤの太腿くらいありそうな二の腕に彫られた入れ墨。彼らがいったい何を考え、金網の外の自分たちをどう見ているのか、カツヤには分からなかった。集会があって少しばかり緊張しても、二、三日すれば、女を漁りに街に繰り出し、夜の飲屋街でバカ騒ぎしている。そういう姿しか思い浮かばなかった。反対運動が盛り上がらないと、軍用地料も上がらないし、政府の補助金も増えない。よく父はそう口にしていた。今日の集会をテレビで見ながら父はほくそ笑んでいるだろう。

何も変わらんさ。

カツヤはつぶやいた。米兵達の後方にあるガジマルの木に目をやったとき、木の下にうずくまって両手で顔を押さえている少女の姿が見えた。目を閉じると、耳の奥でクマゼミの声が反響し、首筋を灼く陽の熱がよみがえる。振り向いた白人の若者が、喚きながらズボンのベルトを締める直前、透明な糸が光る肉塊が見えた。カツヤを抱きしめていた腕の力が抜け、姉は四つん這いになって嘔吐した。口の中のものを何度も地面に吐き捨て、声を出さずに泣き続けた。

カツヤは目を開けて運転席の窓ガラスを降ろし、改めて基地を見た。ガジマルの木の下に少女の姿はない。金網の向こうに立つ二人の米兵の一人が、カツヤを指さして笑い、隣の米兵に話しかける。その米兵の腰のホルダーから拳銃を奪い、二人に突きつける自分の姿を思い描く。後ろから数台の車にクラクションを鳴らされ、前を見ると大きな空きができている。発進する前、カツヤは米兵たちに中指を突き立て、人差し指で首を切る仕草をして見せた。カツヤにできたのはそれだけだった。

長い坂道を下り五八号線に出ると、車はますます進まなくなった。集会が終わるには時間が早いのではないかと思ったが、視線が届く限り渋滞は続いている。何も考えず、何も感じないように、ただぼんやりと外を眺め、時々アクセルを踏む。そうやって、叫びながら車から飛び出したくなる気持ちを抑えた。

浦添市の城間《ぐすくま》まで来たとき、時計は五時十分前になっていた。携帯電話を持ってはいたが、カツヤから比嘉に連絡を取ることはできなかった。連絡は常に一方的な指示であり、カツヤから連絡するのは、余程の緊急事態が生じたときだった。とうてい間に合うはずがなく、こらえきれずにデタラメな歌を大声で歌い、何とか気を静めようとしているときに、助手席に放ってあった携帯電話が鳴った。すぐに受信すると、松田の声が聞こえてきた。

「遅いな、今どこだ?」

謝ってから、浦添の城間あたりですけど渋滞に巻き込まれてしまって、と答える。松田は近くにいるらしい比嘉に地名を復唱し、笑い声を上げた。

「予定が変わってな、いつものホテルに来い。急げよ」

カツヤが、はい、と返事すると、余り心配するな、と松田は言って電話を切った。戸惑いを抱えたままカツヤは、携帯電話を助手席に置き、車を進めた。安心させるような松田の口調を信用することはできなかった。予定変更の理由は思いつかない。ホテルの部屋でリンチされた者が何名もいたことを思い出し、そのことを考えないようにすればするほど、暴力の予感で汗が流れる。肌寒くなって、カツヤは冷房を弱めた。基地の金網の内側に咲く夾竹桃が逆光で影になり、花の色が褪せて見える。息苦しくなって今度は冷房を強めた。じきに汗が引いて寒気が走る。ホテルに着くまでの半時間近く、カツヤは何度も冷房のスイッチを切り替えた。気持ちを落ち着けようとしても、効果のある方法はなかった。

五八号線を右折して、波の上のホテルの駐車場に車を入れた。時計は五時十五分になっている。携帯電話と封筒を手に外に出た。玄関に入り、造花の壁掛けに隠された監視カメラに合図を送る。エレベーターを待つ時間が長かった。下りてきたエレベーターに高校生くらいの男女が乗っていて、一人だけで乗り込むカツヤをすれ違いざまに笑う。エレベーターを飛び出し、殴りつけてやりたかった。しかし、閉まったドアを殴ることしかできなかった。

五階の廊下を奥に進んで部屋の前に立つと、呼吸を整えてからノックした。ドアを開けたのは、数日前に公園で電話をかけていた小柄な少女だった。少女はカツヤを見ると小馬鹿にしたような笑いを浮かべる。一緒にいた茶髪の少女が指を砕かれたときの怯えきった様子とは一変していた。

「入ったら」

そう言ってドアを開ける姿のふてぶてしさに、比嘉や松田に媚びて生きる術を見つけたのが分かった。

中に入ると、ソファに向かい合って座っている比嘉と松田が同時にカツヤを見た。頭を下げてソファの方に歩きながら、ベッドにうつ伏せになっている女に気づいた。下半身を布団で覆われた女は枕に顔を埋めていたが、背中で羽を広げている鳥の姿から、すぐにマユだと分かった。体の中で何かが歪み、きしむ。皺の寄ったシーツの上にピンク色のバイブレーターが転がり、乾いた光を反射している。ベッドの脇には三脚にビデオカメラがセットされていて、少し前まで何が行われていたかをカツヤは察した。

室内にはシンナーの臭いがきつく漂っていた。テレビの脇の棚に、赤いコーラの缶が載っている。淀んだ目でカツヤを見て笑いかける松田が、ここに座れ、と自分の席を譲り、立ち上がる。下半身にバスタオルを巻いただけの格好で、松田はコーラの缶を手にすると、飲み口を上の歯に当て、口で深くシンナーを吸った。

「すみませんでした」

カツヤは頭を下げ、ソファに腰を下ろした。座りながら、テーブルの上に錠剤のシートがあり、銀紙の破片が散らばっているのを見た。小柄な少女が松田に抱きつくと、コーラの缶を受け取り、同じように吸う。馴れた仕草だった。カツヤを見て笑っている少女の目は、焦点が揺れ始めている。

「用事があって、宜野湾まで行ってたんですが、集会があったらしくて、大渋滞で予想外に時間がかかってしまって、すみませんでした」

自分の言葉が、ちゃんと意味をなしているか自信がない。自分の声が、自分の体とは別のどこかから発せられているようで、比嘉の前で話しているという実感がなかった。比嘉はテレビの画面に目をやったまま、カツヤの方を見ようともしない。画面には、カツヤが言った集会が映っている。松田が薄笑いを浮かべて赤い缶を少女から取り、テレビの画面を見て言った。

「さっきから、どこのチャンネルもその集会のことばっかりでよ。アメリカーに小学生が強姦されたといってな、八万五千人も集まったといって騒いでるが、それで遅れたって、お前も参加したのか？」

カツヤが首を横に振ると、松田は前歯の黒い残骸を剥き出しにして笑いながら小柄な少女の肩を抱いた。

「お前みたいに親父が軍用地料もらってる奴が、こんな集会に参加するわけないか。しかし、こんなに人が集まっても何もできないんだから、沖縄の人間もどうしようもないよな。こんだけ集まったんだったら、基地の金網破って中に入ってな、アメリカ兵を叩き殺してやればいいのによ。いくら口だけわーわー騒いでも、アメリカーたちは痛くもかゆくもないだろう」

松田が米軍基地について、そういう物言いをするのをカツヤは初めて聞いた。松田でもこの事件には関心を持ったのか、と意外に思いながら、比嘉が自分に何と言って来るか身構えた。比嘉はつまらなさそうにテレビを見ている。画面には髪の長い少女が大きく映っている。白い上着に赤紫の短いネクタイが印象的な制服を着た少女は、いかにも生徒会の役員か何かのように、真面目そうで清潔な感じを与える。マイクを前に数万人の人々に訴えているその少女の顔が、昼間部屋で見たマユの顔と重なって、カツヤは胸を衝かれた。

ほんの一瞬の差で、どこかで、何かが変わっていれば、テレビに映っている少女と、ベッドにうつ伏せになっているマユは、入れ替わっていたかもしれない。マユだけではない、カツヤや比嘉、松田にしても、ほんのわずかな差で何かが違っていれば、今とはまったく異った世界にいたはずなのに……。

今この瞬間に同じ沖縄に生きていて、テレビの中の少女とマユは対極の世界にいた。その事実がやりきれなかった。

「吊してやればいいんだよ。米兵の子どもをさらって、裸にして、五八号線のヤシの木に針金で吊してやればいい」

　ふいに比嘉が口を開いた。

「本気で米軍を叩き出そうと思うんならな」

　松田が大声で笑い出した。体をよじり、止めようにも止められないというように笑い続ける松田を、小柄な少女がきょとんとした表情で見ている。

　そうなのだ。カツヤは胸の中でつぶやいた。比嘉の言う通りだった。それ以外に方法などなかった。八万五千の人々に訴えている少女の姿は美しかった。だが、必要なのは、もっと醜いものだと思った。少女を暴行した三名の米兵たちの醜さに釣り合うような。

　早朝の冷気の中、車の通りも少ない五八号線の中央分離帯のヤシの木に、米兵の子どもがぶら下がっている。針金が喉に食い込み、青黒く膨れ上がった顔と、血の気の失せた蠟色の体は、別の組成でできているように見える。薄い瞼がめくれて眼球が半分飛びだし、口からは小さな舌がはみ出している。膨れた腹にメロンの編み目のように浮いている静脈。むちむちした脚は尿と便で汚れ、ハエが群がっている。走ってきた車の運転手は、自分が目にしたものが信じられず、車を止めて確認しようにも余りにも非現実的な感じがして、そのまま走り過ぎてしまう。だが、基地の金網の向こうから差し始める朝日が、幼児の姿を疑いのないものにし、最初に車を止めた運転手が、吊り下げられた遺体に叫び声を上げるまで、長くはかからないだろう。

それ以外の方法はありはしない。カツヤは胸の中で繰り返した。そこまでやらなければ、アメリカ人も日本人も、いや沖縄人だって本気で考えはしない。演壇で訴える女子高校生の言葉に聴き入り、集会の参加者たちは涙さえ流している。女生徒が話し終えて一礼すると、会場は興奮に包まれて拍手が鳴りやまない。画面が変わり、ニュースキャスターが話し始めても、女生徒の姿が目に残る。カツヤはベッドのマユを見た。米兵に暴行された少女のために数万人が集まっても、ベッドでうつ伏せになっているマユのことを気にする者はいなかった。

「あの女を使ったら、ビデオも売れるだろうな」

そう言った松田の腕を、小柄な少女がすねたように叩く。松田の言葉にカツヤは現実に引き戻された。手に持っていた封筒をテーブルに置くと、比嘉にもう一度深く頭を下げた。

「今週はずっと女が熱を出して動けなかったものですから、すみません、これで立て替えた形にしてもらえないでしょうか」

比嘉は封筒に目をやっただけで、取ろうとはしなかった。松田はベッドに腰を下ろして、にやつきながらカツヤと比嘉を見ている。松田の肩に太腿を押しつけている小柄な少女が、コーラの缶を渡す。松田は一息大きく吸って、少女に缶を返した。

「あの……」

口の中が乾き、次の言葉を探しかねているカツヤに、比嘉が上着の内ポケットから何かを取り出してテーブルに放った。滑って広がった写真を見て、カツヤは体が冷えていくのを感じた。写真には、マユがアパートに連れ込んだ男が写っていた。マユがベッドに横たわっているのを目にしたとき、部屋の中を調べられてネガも入手されていることを頭の隅で予想していた。比嘉が見逃すはずがないのを分かっていたのに、そのことを意識しないように努めていただけだった。浴室に横たわってだらしなく涙を流している男の写真の上に、比嘉が男の名刺を放る。

カツヤは、どう対応した方がいいかを必死で考えた。比嘉は無表情のままカツヤを眺めている。

「カツヤよ、いいのを捕まえたじゃないか。もう調べたんだけどな、その男のこと。教員だったら、そうとう絞り取れるだろう。お前、独り占めするつもりだったんか?」

松田がからかうような口調で言う。

「そういう訳じゃあないです」

弁解しようとしていることに気づき、カツヤはあわてて口をつぐんだ。

「だったら、何ですぐに報告しないか、は?」

松田の口調と表情が変わる。小柄な少女が松田の肩をなでていた手を止める。カツヤは頭を下げることしかできなかった。比嘉の手がテーブルに伸びる。カツヤはその動きを注視した。

比嘉が手にしたのはウイスキーのグラスだった。氷の解けたグラスに、カツヤはすぐに新しい氷を入れ、ウイスキーを注いだ。

「お前にそういう度胸がないのは分かってるがな」

松田は鼻で笑い、ビデオカメラを顎で示し、撮れ、と言った。カツヤはソファから立ち上がって比嘉に一礼し、ビデオカメラのところに行った。テープが入っているのを確認して、録画のスイッチを入れる。松田と小柄な少女はベッドに上がり、マユの下半身を覆っていた布団をまくり上げた。

「この女も使えん女だな。カツヤよ、不良品つかまされて不満があったのかしらんがな、自分がやったことの後始末はちゃんとつけれよ。その前に、ビデオに撮って少しでも稼がんとな」

松田がマユの体を仰向けにすると、小柄な少女が頬を叩いた。マユは苦しげな声を漏らして顔をしかめる。

「さっき教えたとおりにやれよ。おい、起きて仕事やれよ、クズ女が」

松田が容赦なくマユの頬を張る。マユは薄く目を開けた。小柄な少女がマユの首筋から鎖骨、胸へと舌を這わせ、顔を覆おうとする手をどけて、マユの唇の間に舌を差し込んでいく。マユは首を振ったが、それ以上の抵抗はできなかった。焦点の定まらないマユの目に、カツヤはクスリを飲まされたな、と思った。松田はバイブレーターにゼリーを塗りたくると、小柄な少女の突き出した尻に軽く当てた。少女が声をあげて振り向き、松田に怒ったような表情を見せる。そのなれなれしい様子に、当初抱いた印象とは違うしたたかさが見えて、カツヤは気圧されたような気持ちになった。

松田はマユの脚を広げて指で性器を開き、アップで映せ、というようにカツヤを見た。指示通りにすると、松田はゆっくりとバイブレーターを肉の間に沈めていく。マユが体を震わせ、脚を閉じようとするのを押しとどめ、ゆっくりと出し入れする。小柄な少女は上半身を押さえて執拗に口を吸い、松田はバイブレーターを抜き取って核を刺激し、マユの体が反応するのを楽しんでいる。

それから半時間近く、二人がマユの体を弄ぶのを撮り続けた。途中で手持ちに変え、画面構成を考えながら移動して撮影を続ける。その一方で、カツヤの意識の半分以上は、ずっと比嘉に向けられていた。

テレビの画面は何かの映画をやっているようだった。比嘉はこちらには関心を示さなかった。ビデオを撮っている間、比嘉がそうやって一人で時間をつぶしているのはいつものことだった。一人でウイスキーを飲み、映画やスポーツの中継を見続ける。おそらく、本当は何も見ていないのだ、とカツヤは思っていた。底のない空虚が比嘉の中にはあって、全てはその中に消えて何も残らない。そういう気がしてならなかった。

松田はマユと小柄な少女を仰向けに並べて交互に体を重ね、腰を動かしている。マユの足を開いて持ち上げ、膝が肩につきそうになるまで折り曲げて、松田はマユの体を激しく突き上げ、呻き声を漏らす。太い指がマユの喉に食い込む。マユは目をきつく閉じて、シーツをつかんでいる。その表情も指の動きも、カツヤは逃さずに撮影した。

しばらく息を整えると、松田は体を起こして小柄な少女にバイブレーターを渡し、やれ、と指示した。小柄な少女が手荒くねじ込むと、マユは体をひねりながら声を漏らした。小柄な少女が面白そうに器具を激しく動かす。

「おい、壊すなよ」

松田が少女の背中を軽く叩き、ベッドサイドのテーブルに置いてあった赤いコーラの缶を取り、シンナーを吸う。カツヤを見て笑う目がどろりと流れ出しそうだった。目の下の隈やむくんだ頬に皺が寄る。松田はベッドに腰掛けてシンナーを吸い続けた。

比嘉が立ち上がって上着を脱ぎ、ソファの背にかける。カツヤは恐怖心よりも、ほっとした思いで比嘉を見た。比嘉はカツヤに目で合図すると浴室に入っていく。

カメラを三脚に固定し、マユと小柄な少女が枠に入るように画面を調整した。小柄な少女は、バイブレーターを使ってマユの体に反応を起こさせるのに熱中している。首を反らし、体を弱々しくくねらせているマユが、ベッドに両手をついてカツヤを見る。弱い光の目の奥に、カツヤは助けを求める声を聞いたような気がした。松田が三脚の横に立ち、カメラの画面をのぞき込む。行け、と松田がカツヤに言って、黒い前歯の根本を舌先で左右になでて笑った。

比嘉は浴槽に腰掛けて煙草を吸っていた。カツヤが浴室の中央に立つと、比嘉は浴槽に吸い殻を投げ捨て、カツヤの正面に立った。いきなり鳩尾に右の拳が突き刺さった。カツヤはまともに突きを受けて前にかがんだ体をすぐに起こした。比嘉はカツヤの脇腹に膝を入れ、内腿を蹴った。神経が高ぶっていて痛みは我慢できたが、吐き気をこらえるのがきつかった。

殴打は二、三分ですんだ。顔を殴られなかったのは、仕事に差し支えがないように比嘉が配慮したのだと思った。これなら思ったより軽くすむかもしれない。そういう考えが浮かんだのを悟られないように、カツヤはうつむいて顔を歪めた。カツヤの足元に、一枚の写真が放られる。性器にマッチ棒を差し込まれた男が、涙と鼻血で汚れた顔を歪めて立っている。その前にしゃがんで、マッチを擦ろうとしているマユの横顔には、かすかに笑みが浮かんでいる。

「やれ」

写真の横に小さなマッチ箱が投げられる。カツヤは喫茶店の名が書かれた箱に手を伸ばした。ジーンズを下ろし、下着を脱いで浴室の隅に置いた。比嘉の前に立って、右手に箱を持ち、左手で性器を握って刺激を加える。比嘉の怒りを早く収めることしか頭になかった。しかし、焦れば焦るほど性器は硬くならなかった。ベッドでいたぶられているマユの裸体が目に浮かぶ。

それはますますカツヤの性器を萎縮させた。カツヤは目を閉じて激しく手を動かした。肌寒さに鳥肌が立っているのに、こめかみには汗がにじむ。胸に手が触れたと思い、目を開けた瞬間、カツヤは突き飛ばされた。腰から床に落ち、壁に後頭部を強打した。頭を抱えて横向きに倒れたカツヤの脇腹を比嘉の足が踏みつける。カツヤはあわてて四つん這いになって頭を下げ、床に落ちたマッチ箱を拾って立ち上がった。

カツヤは激しく手を動かし性器を刺激し続けた。てのひらの中で膨らみと硬さを増していく性器が力を失わないうちに、カツヤは箱からマッチ棒を取り出し、軸の先を性器の口にあてがった。だが、そこから先ができなかった。緑色の火薬に人差し指を当て、一気に差し込もうとするのだが、どうしても手が言うことを聞かない。焦りが増すほどに性器が萎えそうになる。カツヤは握りしめている手を動かし、硬さを保とうとした。

比嘉が前に立ち、うつむいていたカツヤの顔を上げると、左頰を拳で打った。浴槽の方によろめいたが、どうにか倒れはしなかった。比嘉の差し出した手にマッチ箱を置くと、まっすぐ立て、と言って比嘉が性器を握りしめる。血が脈打って流れ、カツヤは今にも射精しそうになるのをこらえた。先端に固い物が当たったと思った瞬間、尿道をまっすぐに軸が貫いた。思わず腰を引きそうになる。性器をつかんだ比嘉が引き戻し、腹を殴りつける。カツヤは息が詰まり、呻き声を漏らさないように歯を食いしばった。

それはまだ始まりにすぎなかった。比嘉の長い指に握りしめられて赤黒くふくらんだ性器の先に、緑色のマッチの頭が見える。比嘉の右手が二本目のマッチを取り出す。すでに入っているマッチの下にあてがうと、軸に沿ってゆっくりと差し込んでいく。カツヤは目を閉じて両手を握りしめた。性器の内側を削るように入っていくマッチ軸が止まり、異物感と痛みでうずく性器を、比嘉がねじるように握り力を入れる。内側から裂けそうな痛みに、カツヤは思わず声を漏らした。性器を引き寄せながら比嘉が鳩尾を突く。

「まっすぐ立て」

比嘉の言葉通りにして目を開ける。性器を放した比嘉は、箱から新たなマッチを取り出す。箱の側面に火薬がこすられ、発火する音のあとに火薬の焼ける臭いが立つ。火は揺らぎながら大きくなっていく。涙があふれ、比嘉の姿と火が滲んで揺れる。性器の先に火が近づいていく。叫び出しそうになるのを必死で抑えて、カツヤは火を見つめた。比嘉の指先が性器に触れる。太腿の付け根から突き上げた力が、性器の根本から先へ走る。二度、三度とうねって襲う痛みと快感が性器からあふれ出す。血が混じった精液が二本のマッチを押し出し、床に滴り落ちる。マッチは肉の先から一センチほど突き出て桃色の精液にまみれている。比嘉はマッチを吹き消し、指についた汚物をカツヤのTシャツで拭いた。マッチの箱を投げ捨てた比嘉の手が、ズボンのポケットをまさぐり、ナイフを取り出す。金属音がして、飛び出したナイフの刃先を見たカツヤは、赤いマニキュアの塗られた爪が剝ぎ取られた瞬間を思い出した。比嘉の手がカツヤの性器に伸びる。カツヤはいっさいの抵抗をあきらめ、比嘉の手を待った。

ふいにドアの開く音が聞こえた。比嘉の背後に近づく裸の女の姿が見える。赤い缶が比嘉の頭上にかざされ、髪や衣服に液体がきらめきながら降りかかる。振り向いた比嘉の顔にさらに液体が浴びせられる。比嘉が何か言うのと、マユが手にしたライターに火がつくのは同時だった。赤紫の炎が瞬時に比嘉の上半身を包んだ。摑みかかろうとする比嘉を、マユは軽く押したように見えた。比嘉の片足が浮き、斜めになった体がゆっくりと浴槽に倒れていく。比嘉はつかむものを探したが、指は宙をさまよっただけだった。大理石のタイルが貼られた浴槽の縁に後頭部がぶつかり、鈍い音が浴室内に響く。炎に包まれた比嘉の体が仰向けにずり落ちる。

カツヤは浴槽の中を見た。首が窮屈に横に曲がり左肩に押しつけられている。耳の穴に溜まった火が奥に吸い込まれていく。衣服についた火はゆらゆらと燃え続け、赤く腫れ上がった顔や縮れた髪から煙とも蒸気ともつかないものが昇っている。肉の焼ける臭いにカツヤは吐き気をこらえた。睫毛が焼けてなくなった瞼の間からのぞく眼球は、薄く白い膜がかかっている。後頭部から流れるねっとりとした血が、排水溝に這っていく。薄皮のめくれた唇が震え、喉の奥が鳴って赤い泡が口から溢れだす。力無く上下している胸のあたりの火が、首を伝わって這ってきた泡とぶつかり、ジュッという音がした。右手に握りしめたナイフがわずかに動き、光を反射する。

床に空き缶の落ちる音が響く。カツヤはマユを見た。拡散するシンナーの臭いと混ざり合う血の臭いは、浴槽からだけ漂っているのではなかった。マユの顔から裸の肩、胸、腹と、斑模様に赤茶色の染みが覆っている。焦点の定まらない目をカツヤに向けたマユは、急に力尽きたようにうなだれ、膝が崩れて四つん這いになると、かーかーと何かを吐き出そうと喘いだ。浮き上がった背骨を境に背中が割れて異様な生き物が姿を現す。

思わず後じさったカツヤは、性器の痛みに呻いた。半立ち状態の性器からマッチの軸を一気に引き抜く。床に散った血と精液の臭いが、シンナーの臭いに混じる。濡れた床についたマユの手に、ライターが握られたままなのを見て、カツヤはあわてて取り上げた。立ち上がって浴槽を見ると、縁に引っかかった比嘉の足の指が虫のように見える。どうしたらいいのか、どうしたら……。同じ言葉がくり返し頭をめぐる。カツヤは四つん這いになってうなだれたままのマユを残し、ジーンズと下着を拾い上げ、逃げるように浴室を出た。

テレビはアメリカのプロバスケットボールの中継をやっていた。英語のアナウンスと声援が室内に反響している。その音が今まで耳に入っていなかったことに気づいた。テレビの画面からベッドの方に目を移し、カツヤは立ち尽くした。ベッドにうつ伏せになっている松田のまわりに血溜まりができている。後頭部が陥没し、血でけば立った髪の間から夾竹桃の花の色をした脳の一部が見えている。枕元に血のついたビデオカメラが転がり、浜辺に打ち上げられた海藻のような臭いが部屋に立ちこめている。緩んだ肛門から排泄物が漏れていたが、それよりも血の臭いの方が生々しかった。

ベッドに近寄って様子を確かめようとしたカツヤは、ベッドとソファの間に同じようにうつ伏せに倒れている小柄な少女に気づいた。カラオケマイクの黒いコードが首に巻きつき、開いた脚の間に続いている。ヘッドが見えなくなるまで膣にマイクがねじ込まれ、あふれた血が灰色のカーペットに黒く染み込んで広がっている。血はまだ動きを止めていなくて、機能を停止しようとしている少女の体から、別の場所を求めて移動している赤い生き物のように見える。少女の体は痙攣を繰り返し、泣くような声が小さく聞こえた。テレビのスイッチを切ると、静まりかえった部屋にしゅー、しゅーと泡が立つような音が聞こえる。音は少女の体のどこかから聞こえているようだったが、カツヤは確かめる気になれなかった。

低く響く水の音が浴室から聞こえ、振り向くと浴室から湯気があふれ出ている。カツヤは少女と松田を見つめたまま後ずさり、浴室をのぞいた。湯気の中に立つ裸のマユを白い光が包んでいる。右手に握られたナイフが輝く。マユが一歩踏み出したとき、刺される、と思った。マユの手からナイフが落ちる。カツヤは前に倒れるマユの体を走り寄って抱きとめた。

浴槽を見ると、温度を最高にした湯が、蛇口から比嘉の顔に降り注いでいる。横を向いた首に深い切り込みがあり、流れ出した血が湯を赤く染めている。立ち昇る湯気の中に血の臭いが混じり、カツヤは息苦しさに喘いだ。熱湯に打たれた比嘉の顔の皮膚は白くふやけ始めている。すでに息絶えていたが、それでも、今にも起きあがってきそうな気がして、マユが熱湯を浴びせた理由が分かるような気がした。

腕に抱いたマユの背中から、虹の鳥がゆっくりと羽を動かして宙に浮かぶ。一瞬そういう幻覚に襲われ、カツヤは水滴の浮いた七色の色彩を見つめた。鳥は本当に生きているように見えた。背中にてのひらを這わせると、入れ墨部分の皮膚がわずかに起伏を作り、指の間に滴がたまる。カツヤはマユの体を抱き上げ、浴室の外に出してソファに寝かせた。

湯気が漏れないように浴室のドアを閉めて、カツヤは洗面所の棚に載ったバスタオルを取り、マユの体を拭いた。急いで逃げなければならなかった。マユの肩を揺すって起こし、ベッドの脇に落ちていた下着やTシャツ、ジーンズを着けさせる。ソファに座ったままマユはカツヤの声に従って体を動かし、衣服を着け終えた。小柄な少女のものらしい黄色のヨットパーカーが壁にかけられている。それを取って羽織らせると、カツヤは自分の体を拭いた。性器から滲む血でバスタオルが汚れた。痛みをこらえて下着とジーンズをはき、Tシャツを着た。

ソファに置かれた比嘉のセカンドバッグを取って、テーブルの上に置かれたままの写真や現金が入った封筒を入れる。それから浴室に行って床に落ちたナイフと写真を拾った。赤錆色の熱湯が浴槽からあふれ出し、水面を叩く音と排水口に流れ込む音が響く。むせ返る蒸気の中で、比嘉の体は熱湯に打たれ、仰向けに浮かんで揺れている。

こんなものか、という思いが込み上げる。中学一年のときから十年近くカツヤを縛りつけてきた比嘉という存在が、こんなに脆いものだったことが信じられなかった。天井を向いて揺れている比嘉の顔に唾を吐きかけようとしたが、どうしてもできなかった。浴室内はすべてがぼんやりとして、床に転がっているコーラ缶の赤色が目を引く。それに向かって唾を吐き捨てると、カツヤは湯を止め、浴室を出てドアを閉めた。

ナイフと写真をセカンドバッグにしまい、うなだれて立ったままのマユの手をとり室内を見渡す。松田や小柄な少女の姿を見ても、哀れみは生じなかった。重い疲労感が全身に広がっている。それに抗って体を動かすだけでやっとだった。目の前で起こっていることが、深い酔いの中で見ているビデオの映像のようだった。性器の痛みだけが生々しい現実味を持っていた。カツヤはドアを開けて廊下に出ると、マユの手を引いてエレベーターに向かった。

エレベーターから降りて玄関ロビーに出たとき、カツヤは隠しカメラの方を見て右手を挙げた。比嘉や松田と一緒に来て、先に帰るのはよくあることだった。抱き寄せたマユのヨットパーカーの内側に比嘉のセカンドバッグを隠した。駐車場に出て車の鍵を開け、マユを助手席に乗せると急いで運転席に乗り込み車を出した。駐車場の出口で左にハンドルを切ったとき、横の壁に後ろのバンパーをこすった。車内の時計は七時二十一分を表示していた。外は暗くなっていて、派手な建物が並ぶラブホテル街の風景が、映画のセットのように作り物めき、今にも崩れ落ちてきそうだった。最初の十字路で右にハンドルを切り、客待ちのタクシーが並んでいるそばを走り抜けて県道に出た。

泊大橋に入るときに、左右どちらに曲がるか判断に迷った。信号が黄色に変わるのを見てアクセルを踏み込み、ぎりぎりのところでハンドルを右に切り、北向きの車線に入った。排気ガスをまき散らして橋を上っていく大型トラックを追い越し、下りの加速に注意しながら赤いテールランプの列に従う。助手席のマユはドアにもたれて目を閉じている。その姿を見ると、いつものように仕事を終えて帰るだけに見える。黄色いヨットパーカーが、監視カメラのモニターを見ている従業員に不審に思われたかも知れないことに、やっと気づいた。他にもミスをしたかも知れないと考えると、不安と焦りが増していく。

信号待ちで止まったとき後ろを振り向いた。ホテルは橋に隠れて確認できず、並んでいる車列が見えただけだった。後を追ってくる者はいないとひとまず安心すると、性器の痛みが甦る。血が滲んでいるのか股の部分がじくじくと濡れて気持ち悪い。ホテルで起こったことに、まだ現実感を持ちきれないままだった。横を見るとマユが息をしていないように見えて、パーカーの腕をつかんで揺すった。首を左右に動かしたのを見て安心し、信号が変わり発進した車列についていった。道の反対側からサイレンの音が聞こえ、赤い光が回転しながら近づいてくる。対向車線を一台のパトカーが走り過ぎていく。ホテルから警察に通報が行って緊急配備が敷かれる。いや、すでに敷かれているかもしれない。そう考えると気が急くが、前が詰まって追い越す機会がない。

もう全ては遅い。

胸の中でつぶやき、カツヤは目の前にちらつく比嘉の顔を追い払おうとした。赤く剝けた皮膚から蒸気が立ち、酸素欠乏の魚のように口が開く。耳の穴の奥に消えていった火が、自分の鼓膜を焼き、脳に燃え広がっていくようで、カツヤは叫び出しそうになった。深呼吸をくり返し、比嘉は死んだ、と声に出して言った。ホテルの従業員は、警察よりも先に比嘉や松田の仲間に電話したかもしれない。警察に捕まるよりも、彼らに捕まる方がまずかった。車を乗り捨ててタクシーを使おうか迷ったが、マユがどういう反応を示すか分からない。マユを置き去りにして、一人だけ逃げる気にはなれなかった。

五八号線に出て北上し、道路沿いにある遊技場の駐車場に入る。ホテルを出てから二十分近くかかっていた。セカンドバッグを持って車を降りようとしたとき、性器に激痛が走りカツヤは呻いた。しばらく痛みを静めてから、助手席側に回ってマユを降ろした。マユは蒼白な顔色で目も虚ろだったが、カツヤが支えると意外としっかりした足取りで歩ける。ジーンズの前の方に血が滲んでいるのをセカンドバッグで隠し、遊技場の入口に向かった。

建物の屋上に据えられたネオンが、原色の光を目まぐるしく走らせている。鏡を複雑に組み合わせた装飾が玄関の壁や天井を飾り、白色灯の光が乱反射している。県内に十店舗以上店を構えている本土資本の遊技場で、大型店が並んでいる五八号線沿いの遊技場の中でも威容を誇っていた。半年ほど前に開店したこの店に、二人の兄が入り浸っていることをカツヤは母から聞いていた。壁の鏡に何重にもなって映る自分とマユの姿を見ながら、カツヤは自動ドアの前に立った。

けたたましく流れる音楽とフィーバー台を告げる男の濁声、金属音と電子音、タバコや埃の臭いが混ざり合って沸騰している中を、二人の兄を探して歩いた。ブラインドの下ろされた窓際に並ぶ椅子は、空き台を待つ客で埋まっている。親に連れてこられ、暇を持てあましている子どもが数名、床に落ちた玉を拾ったりしながら通路を歩き回っている。五歳ぐらいの女の子が一人、自動販売機の上に設置されたテレビを見上げて立っていた。子どもの頃、父の横の台に座ってスロットマシンのレバーを引いていた自分の姿が思い浮かんだ。こういう場所に子どもを連れてきて、ほったらかしにしている親が許せなかった。だからといってどうにかできる訳でもなく、カツヤは女の子から目をそむけ、マユの手を引いて客で埋まった台の間の通路に入った。

店内はパチンココーナーとスロットマシンコーナーに分かれていたが、圧倒的にスロットマシンの方が人気があった。兄たちも気晴らしでしかパチンコ台には座らなかった。背中合わせに台に向かっている客の間を好奇の目を向けられながら歩き、玄関ホールからかなり離れた場所で、次兄の宗明を見つけた。

「アキ兄」

そばに寄って声をかけたが、回転するドラムを見つめて集中している宗明は気づかない。肩に手を置くと、びくっと体を震わせてカツヤを見た。怯えたような視線がカツヤと横に立っているマユに向けられる。その目が殴られ続けた犬を思わせ、今の自分も同じ目をしているのかもしれない、とカツヤは思った。無精髭がこけた頰の陰を深くして、まだ二十代半ばなのに三十歳をとうに越しているように見える。肌の色は何年もまともに陽の光を浴びていないかのようだった。会うのはお盆の時以来で二ヶ月ぶりだった。

「タダ兄は?」

長兄の宗忠のことを聞くと、三台隣の台を目で示す。

「飯を食いに行ってるさ」

台のドラムの前に食事中という札が入っていて、制限時刻を見ると少し前に台を離れたようだった。二人とも珍しく大勝ちしている。コインの詰まったドル箱を宗明は四つ、宗忠は三つ積み上げていた。調子いいね、とカツヤが言うと、朝からだいぶ打ち込んで、やっと取り戻した、と宗明は笑って答えた。機嫌が良さそうなのを見て、カツヤは少し気持ちが和らぐのを意識しながら話を切りだした。

「すまないけど、一時間くらい車を貸してくれないか。俺のは今、故障していて……」

宗明はカツヤとマユを交互に見ながら、ズボンのベルトに提げた鍵の束から車の鍵を抜き取った。

「かわいい子だな」

鍵を渡しながら宗明が言い、マユに笑いかける。無反応のマユに宗明が気まずそうにするのを見て、カツヤは礼を言いながら、ちょっと体調が悪くて、とつけ加えた。

「今日は閉店まで店にいるはずだから、それまでに返してくれたらいいよ」

マユと一緒にホテルに行くとでも思っているらしく、宗明は笑って目配せし、カツヤの腰を叩いた。カツヤは苦笑して見せ、車が見つからないうちに早く移動しなければ、と思いつつ、なかなか宗明のそばから離れられなかった。宗明は車のナンバーと駐車している場所を告げ、コインを三枚取って台に入れた。それを見てカツヤは、やつれた横顔を見つめ小さくうなずいた。

「じゃあ」

マユを促して出口の方へ向かう。

「たまには俺たちのアパートにも寄れよ」

振り向くと、宗明は笑って右手を上げた。これが最後かもしれない、という思いがよぎって、宗明の姿を目に焼きつけた。

マユの背中を押して狭い通路を歩きながら、幼い頃よく二人の兄に遊びに連れていってもらったことを思い出した。七歳と五歳上の兄たちが、あの頃は何でもできる英雄のように見えた。しかし、実際の二人は、優しいが気の弱い、勉強も仕事も集中して続けることができない、無力な男たちにすぎなかった。

高校を卒業してから一度も定職に就かず、女づきあいもまともにできないまま、遊技場に入り浸っている兄たちを、カツヤはずっと馬鹿にしていた。アパート管理の名目で父から渡される金を頼りに、豚のような生活をしていると蔑んでいたが、兄たちへの嫌悪の底には、自分自身への嫌悪があることに気づいてもいた。

俺も兄たちと何も変わらない。

嫌悪のあとには、いつもその言葉が続いた。けれども今は、大きく変わってしまった。兄たちがいる場所と自分がいる場所がはるかに離れて、自分はもう二度と兄たちのいるところに戻れないのだ。カツヤは立ち止まって振り返った。満員の客は自動人形のように同じ動作をくり返している。その向こうに兄が小さく見える。もう全ては遅かった。カツヤはマユの手を握って玄関に向かった。玄関ホールまで来ると、幼い女の子はずっとテレビを見上げていた。テレビは昼間の集会のニュースをまたやっていた。

玄関を出て駐車場を歩いているうちに、感傷に浸っている場合ではないという焦りが込み上げてきた。広い駐車場を照らす照明の下に数百台の車が並んでいる。朝一番に来る兄たちは、いつも警備ボックスの近くに車を停めていた。教えてもらったナンバーの大型四輪駆動車に近づくと、濃い緑の車体にネオンが映り、点滅する光が歪む。カツヤは駐車場全体の様子を確認し、助手席のドアを開けてマユを乗せた。

警備ボックスの中から初老の警備員が見ていた。兄たちと顔見知りになっているはずで、カツヤたちを注視しているのは明らかだった。カツヤは平静にことを進めるように努めた。いつも二人で行動している兄たちは車も共用していて、外側はきれいに磨かれていたが、中はタバコの吸い殻や弁当ガラを入れたスーパーの袋が散らかり、異臭がこもっている。セカンドバッグをギアの前に置き、ゴミを両手に持って、警備ボックスの横にあるクズ籠に入れた。車に乗り込むとき、傷の痛みに顔をしかめずにおられなかった。警備員の視線を感じながらエンジンをかけ、五八号線に出た。

二百メートルほど離れた量販店の駐車場に車を入れ、マユの様子を見た。ドアにもたれて眠っているようだった。カツヤはセカンドバッグを取って、一人で店に入った。マユと自分の下着やトレーニングウエア、Tシャツ、セーターを買い、防寒用の濃い緑のウインドブレーカーを追加でカウンターに置く。比嘉のセカンドバッグには、カツヤが渡した封筒以外にも十万余りの金が入っていた。それで支払いをすませた。

車に戻って荷物を後部座席に置き、カツヤは宜野湾市まで車を飛ばした。途中、薬局で消毒液やガーゼ、鎮痛剤を買って、コンベンションセンター近くの空き地に車を停めた。ジーンズを脱いで性器を消毒する。傷口に浸みる痛みに耐え、ガーゼを当ててテープで留める。それから買ったばかりのTシャツとトレーニングウエアに着替えた。マユを起こして黄色いパーカーを脱がせ、緑のウインドブレーカーを肩にかける。着替えた衣類は紙袋に入れ、空き地の隅に生えた草むらに捨てた。検問にあったときに特定されないよう、できる限りのことはしておきたかった。

再び五八号線に出て、北上を続ける。嘉手納基地の前を通るとき、中央分離帯に並ぶヤシの木を横目で見ながら、米兵の子どもをさらってヤシの木に吊してやればいい、という比嘉の言葉が思い浮かんだ。対向車のライトと外灯に照らされたヤシの木に、小さな体が下がっている情景が目に浮かぶ。針金が首に食い込み、鬱血した顔は倍以上に膨れ上がっている。張りつめた丸い腹にだらりと垂れた小さな手足。八十キロ近いスピードで片側三車線の道路を飛ばしながら、そういう死体の一つが、今にも目に飛び込んできそうな気がする。

一体でもいいから本当にそれを目にできたら、思い切り笑い飛ばしてやるのに。それがアメリカの憎悪を駆り立て、沖縄が報復を受けるならなおさらいい。オレンジ色の誘導灯が道路をはさんで左右に伸びている。闇に包まれた空を米軍機が着陸する。頭上を圧する轟音を聞きながら、そこまでやらなければ何も変わりはしない、という言葉を反芻する。

浴槽に仰向けに倒れた比嘉の姿が目に浮かぶ。赤くただれた顔や切り裂かれた首。肉の焼ける臭い。耳の奥に吸い込まれていった火。血で染まった湯の中で煮え、揺れていた顔が、突然フロントガラスの前に現れる。カツヤは思わずブレーキを踏んだ。後続車が激しくクラクションを鳴らし、急ハンドルを切って追い越していく。アクセルを踏み直しながら助手席を見ると、マユはドアに体をもたせかけたまま、ずっと目を閉じている。腿の上で組み合わされた両手の細い指。その指がカラオケマイクを握りしめ、小柄な少女の性器にねじ込むところを想像し、カツヤは鋭い爪を持った昆虫が首筋を這うような感覚を覚え、思わず手で首を払った。

背後からサイレンの音が聞こえる。バックミラーをのぞくと、赤色灯を回転させたパトカーが近づいてくる。アクセルを緩めながら歩道側の車線に移動する。パトカーは猛スピードで追い越していく。全身の鳥肌がなかなか消えなかった。肌寒さを覚える一方で、体の奥に熱の塊がうずいている。体の表面と内部がねじれ、頭の中や皮膚の下を固い小さな虫が群れをなして這い回る感覚に襲われる。カツヤは前方に遠ざかっていく赤い光を見つめ、徐々にスピードを上げた。助手席で眠り続けるマユのように、自分も深く眠りたい、と思った。じくじくと性器が痛むのをこらえ、カツヤは車のスピードを上げた。

両側に基地が広がっていた風景が変わり、嘉手納警察署の前にさしかかる。検問が行われていないのにほっとしながら走り過ぎ、嘉手納ロータリーのカーブを回って読谷村に入ったとき、少し緊張が柔らいだ。スムーズな車の流れに乗り、このまま逃げおおせるのでは、という気さえしてきた。しかし、すぐにそういう自分への嘲りが込み上げる。本気で逃げようと思うのなら、マユを置き去りにして、ホテルからまっすぐ空港に向かうべきだった。マユを連れて北へ向かう道を選んだ時点で、すでに逃げ切れる可能性はなくなっていた。それはたんなるミスではなかった。気が動転した中でのとっさの判断であったとはいえ、あえて北へ向かう選択をしたことを、カツヤは自覚していた。

恩納村に入り、坂道を下りながら遠くにマクドナルドの赤と黄色の看板を目にして、カツヤはスピードを落とした。マクドナルドの手前に米軍払い下げ用品店があった。右折して駐車場に車を入れ、カツヤはセカンドバッグを取ってドアを開けた。

店には以前、ナイフやキャンプ用具、衣服などを買いに来たことが何度かあった。倉庫を改造したような店内には、米軍基地から流れてきた軍服や階級章、薬莢、模擬弾、ナイフ、野戦用のテントや寝袋、携帯食料などが所狭しと並べられ、防弾チョッキまで置かれていた。カツヤは店の入口の上に置かれた翼長が三メートル以上ありそうな戦闘機の模型を見上げた。入口の両脇には、日の丸と星条旗をペンキで描いたジュラルミンの増槽タンクが、ミサイルを模して立てられている。助手席でマユが眠っているのをもう一度確かめてから、カツヤは店内に入った。

テント、寝袋、リュックサックなどをまず買った。靴や衣類はマユの体に合うものがなく、一番小さなサイズを買って、あとはどうにか工夫するしかないと思った。他に折り畳み式のスコップやランタン、懐中電灯、携帯食料や固形燃料などを買い、箱に詰めてもらって車に運んだ。最後に磁石と大型のペンチ、万能ナイフとアーミーナイフを一本ずつ買って車に戻った。食糧や水の他、足りない物は名護まで行ってからスーパーで買うつもりだった。

後部の荷台に荷物を積み込み、予備タイヤのついたドアを閉めると、身震いが起こった。カツヤは深く息を吸って、ゆっくりと吐いた。Tシャツだけでは肌寒いほど、夜気は冷えて澄んでいる。ヤンバルの森に入るつもりだった。山道を車で行けるところまで行き、金網を切断して米軍演習場の中に入るのは、難しいことではないと思った。その先、マユを連れてどこまで進めるかは分からない。歩けるところまで歩いて森の奥に適当な場所を見つけ、テントを張って水と食糧が尽きるまで身を潜めるつもりだった。そのあとのことは考えなかった。そこで全てが終わるならそれでもよかった。ただ、全てが終わる前に、虹の鳥を見たかった。

虹の鳥など社会の教師の作り話にすぎず、それを見たいという自分の願望も現実逃避にすぎない。この期に及んでもそういう空想に浸っている自分を嗤う声が聞こえる。カツヤは空を見上げた。外灯の明かりで見える星は少なかったが、澄みきった夜空が広がっている。森の奥でこの空を見上げれば、七色の光を放って飛んでいく鳥の姿が見えるような気がした。その鳥を目にすれば、自分の陥っている窮状から抜け出すことができる。そういう思いが逃避でも偽りでもいい。今行く場所はヤンバルの森しかなかった。

カツヤは車に乗り込むと、隣のマクドナルドの駐車場に移動した。できるだけマユと一緒に行動しない方がいいか、と思った。眠り続けているのを見て、カツヤはセカンドバッグを手にして一人で店に向かった。

入口の横に立っている大きなピエロの人形の表情と手を挙げている仕草が、妙に薄気味悪かった。張り出した屋根の下はテラスになっていて、注文した品物を外で食べられるようになっている。アメリカ人の若い夫婦と沖縄人の家族が、白いプラスチックのテーブルに座っている。テラスには子どもの遊び場もあった。コインを入れると動く乗り物が入口の近くに置かれていて、その前に麦藁色の髪をした幼い姉弟が立っている。ハンバーガーを食べながら話していたアメリカ人の女が、子どもたちに何か注意するように声をあげた。向かいに座っている男が振り向いて、笑いながら子どもたちを見る。家族連れで移駐してきた米兵の夫婦だろうと思った。五歳くらいの少女が先に象の乗り物にまたがり、三歳くらいの弟がコインを入れた。象が上下しながら前後に動き始める。少女が声をあげて笑い、店のドアを開けようとしたカツヤに手を振った。

ふいに二十年近く前の記憶がよみがえった。兄たちの夏休みも終わりに近づいた頃、家族で北部のビーチに遊びに行った。そこにも同じ乗り物があった。カツヤは少女を見上げている男の子と同じくらいで、姉に抱えられて象の乗り物に乗った。耳の下についた取っ手を握らせ、姉はしっかりつかまえているように注意した。二人の様子を両親と兄たちが笑いながら眺めていて、父がカメラのシャッターを何度も切った。姉がコインを入れると、乗り物が動き出し、カツヤは声をあげて笑い続けた。

男の子が、早く代わって、というように少女の足を叩いている。少女はそれを無視して、カツヤに笑いかける。少女の上気した笑顔の美しさに、カツヤは思わず目をそらし、店に入った。

カウンターでハンバーガーとホットコーヒーを持ち帰りで注文し、金を払って二階にあるトイレに行った。個室に入り、トレーニングウエアを下ろして性器の状態を確かめる。血が滲んだガーゼを取って、排尿すると焼けるような痛みが走った。トイレットペーパーで先端を拭い、血が止まっているのを確かめてから個室を出た。トイレットペーパーに包んだガーゼをゴミ箱に捨て、顔を洗う。右頰の傷のかさぶたが取れ、新芽のような艶を持った新しい皮膚が現れている。そっと指先でなでると瑞々しい感触がある。頰の傷のことを忘れていて、どの店でも傷を見られていたことに気づいた。やれーぬーや《だからどうした》が、という言葉が浮かんで、思わず笑った。母に追及された父が、居直るときに使う言葉だった。

階段を降り、カツヤはカウンターで持ち帰りの品物を受け取った。店を出て遊び場の方を見ると、象の乗り物には男の子が乗っていて、少女の姿はなかった。テーブルに座っている両親は話に夢中で、男の子が手を振っているのに気づかない。小さなゴムボールが一杯入ったミニハウスの中で子どもたちが遊んでいて、大声で騒ぐ声が屋根の下に響いている。沖縄人の家族は、子どもたちの遊ぶ様子を眺めている。カツヤは心が和むのを感じたが、すぐに自分の感傷を警戒して、まわりに気を配りながら車に戻った。

ドアを開けると、カツヤは運転席に座り、助手席にセカンドバッグとハンバーガーや飲み物が入った紙袋を置いた。次の瞬間、体の中心を鋭く冷たいものが貫いた。マユの姿を探して後部座席を見ると、外灯の光を受けて青白く浮かぶマユの顔があった。薄く開かれた目がカツヤを見る。ほっとすると同時に怒りが込み上げ、何か言おうとしたが、言葉が見つからない。

ふと潮の匂いを感じた。濃い塩分と海藻の匂いが混じった潮の匂い。マユの左手が膝の上に乗った少女の麦藁色の髪をなでている。髪に覆われて少女の顔は見えない。右手にはアーミーナイフが握られていて、切っ先から血がシートに垂れる。後部座席の床に、流れ落ちた血が溜まっている。潮の匂いはそこから漂っていた。マユの目が開き、瞳の奥で何かが動いた。

「さっさと出せよ、クズ」

低く強い声だった。初めてマユの本当の声を聞いたような気がした。カツヤは正面に向き直ると、エンジンをかけ、ギアを入れてアクセルを踏んだ。アメリカ人の夫婦が立ち上がって少女の名前を呼んでいる。遊び場から駐車場に出てくる二人の姿を横目で見ながら、五八号線に車を出した。

対向車のライトが眩い。アクセルを踏み込みながら、カツヤは頭が混乱して状況を整理しきれなかった。これ以上何も考えたくなかった。虹の鳥を見たい、それだけを念じ続けた。

夜の森の奥に裸のマユが立っている。露に濡れた木々や草の葉、腐葉土、森に棲む生き物たち、それら全ての発する匂いが森の冷気に浄められ、マユを包む。白い体がしっとり濡れている。固い種子が割れ、新芽が芽吹くように火傷の傷が消えて、新しい皮膚が現れる。青や緑の羽毛に縁取られた緋色の顔。金色の虹彩と漆黒の瞳が夜の森を見る。鋭い嘴が開き、鳥の鳴き声がこだまする。樹間に差し込む月の光がマユの体を照らし出し、ゆっくりと上げられる左右の手の動きに合わせて、肩胛骨の上の翼が羽ばたき始める。羽音がしだいに大きくなり、マユの背中を離れた鳥は、七色の光を放ちながら夜の森を舞う。

マユの後ろに立って、虹の鳥を見上げるカツヤの背後に、森の闇よりさらに深い影が近寄る。喉にアーミーナイフが当てられる感触に、カツヤは目を閉じる。

そして全て死に果てればいい。

体の奥から笑いが込み上げてくる。バックミラーに映るマユの寝顔は美しかった。アクセルをさらに踏み込み、カツヤはヤンバルの森に一刻も早く着くことを願った。

初出誌
「小説トリッパー」２００４年冬季号（朝日新聞社）

目取真 俊（めどるま しゅん）

1960年沖縄県今帰仁《なきじん》村生まれ。琉球大学法文学部卒。

1983年「魚群記」で第11回琉球新報短編小説賞受賞。1986年「平和通りと名付けられた街を歩いて」で第12回新沖縄文学賞受賞。1997年「水滴」で第117回芥川賞受賞。2000年「魂込め《まぶいぐみ》」で第４回木山捷平文学賞、第26回川端康成文学賞受賞。2022年第７回イ・ホチョル統一路文学賞（韓国）受賞。

著書：[小説]；『魂魄《こんぱく》の道』、『目取真俊短篇小説選集』全３巻〔第１巻『魚群記』、第２巻『赤い椰子の葉』、第３巻『面影と《うむかじとぅ》連れて《ちりてぃ》』〕、『眼の奥の森』、『虹の鳥』、『平和通りと名付けられた街を歩いて』（以上、影書房）、『風音』（リトルモア）、『群蝶の木』、『魂込め《まぶいぐみ》』（以上、朝日新聞社）、『水滴』（文藝春秋）ほか。

[評論]；『ヤンバルの深き森と海より《増補新版》』（影書房）、『沖縄「戦後」ゼロ年』（日本放送出版協会）、『沖縄／地を読む 時を見る』、『沖縄／草の声・根の意志』（以上、世織書房）ほか。

[共著]；『沖縄と国家』（角川新書、辺見庸との共著）ほか。

作品は韓国、米国、フランス、イタリア、エジプト、チェコなどで翻訳・出版されている。

ブログ「海鳴りの島から」：http://blog.goo.ne.jp/awamori777

虹《にじ》の鳥《とり》

二〇一七年 五 月二九日　新装版 第一刷
二〇二四年一二月二〇日　新装版 第三刷
（二〇〇九年五月八日　初版 第一刷）

著者　目《め》取《どる》真《ま》 俊《しゅん》

発行所　株式会社 影書房
〒170-0003　東京都豊島区駒込一—三—一五
電 話　〇三（六九〇二）二六四五
F A X　〇三（六九〇二）二六四六
Eメール　kageshobo@ac.auone-net.jp
U R L　http://www.kageshobo.com
〒振替　〇〇一七〇—四—八五〇七八

印刷／製本　モリモト印刷

定価　一、八〇〇円＋税

ISBN978-4-87714-471-4